私のことは
どうぞ
お気遣いなく、
これまで通りにお過ごしください。

ローズ
メリッサの侍女。メリッサとともに領地にも来てくれた。
ネイト
メリッサが領地で出会った少年。顔が火傷跡に覆われているため、前髪で隠している。
メリッサ・ジョンストン
公爵令嬢で、第二王子の婚約者候補。7歳の頃、母が病気で亡くなっている。アメリアが家にきてから、家族に冷遇されるようになった。ピアノが大好き。
主な登場人物

ジャクリーン・ハモンド
公爵令嬢。第一王子の婚約者候補として、王妃教育を受けている。
パトリック・ジョンストン
メリッサの兄。アメリアが訪れてから、メリッサを冷遇するようになる。
アメリア・ジョンストン
両親を亡くし、公爵家に引き取られたメリッサの従姉妹。亡くなったメリッサの母と、同じ髪・瞳の色を持ち、公爵家で可愛がられる。美少女。

Contents

私のことはどうぞお気遣いなく、

これまで通りにお過ごしください。

くびのほきょう

イラスト
しもうみ

1章　first year

「えっ、私の誕生パーティーはないの？」

「申し訳ございません。メリッサお嬢様の誕生日はアメリアお嬢様のご両親の命日《めいにち》と同日なのです。旦那様の判断により、一周忌《いっしゅうき》の今年はアメリアお嬢様のお気持ちを考えて喪に服すことになりました」

来月に控えた11歳の誕生日。当然、自分の誕生パーティーがあると疑っていなかったメリッサは、招待してほしい友人知人のリストを家令に渡したところだった。

「半年前にアメリアの10歳の誕生パーティーは盛大にしたのに……」

「申し訳ございません。旦那様の決定ですので」

家令に言ってもしかたないことはメリッサも分かっている。胸の内をえぐられたかのような痛みをごまかすために黙っていられなかっただけだ。

1年前は第二王子の婚約者候補として盛大に誕生パーティーを開いてくれたのに……。

誕生パーティーがないこともだが、なによりも誕生パーティーがないことへの伺《うかが》いどころか謝罪すら父から直接言われなかったことが悲しく、危うく家令の前で涙を落としそうになった。

1年前の誕生パーティーの頃との違いを痛感し、メリッサはこの1年の変化に思いを馳《は》せる。

◇◆◇◆◇

メリッサはウェインライト王国ジョンストン公爵家の令嬢。第二王子クリストファーの婚約者候補として6歳の頃から王城へ通い、歴史や文化、言語学や礼儀作法などの授業を受けている。

公爵令嬢として、将来の王子妃として、周囲から侮《あなど》られないよう強く見られるように努力しているが、実際のメリッサは気が弱く内気だ。ピアノを弾いている時間が一番好きで、ピアノの時間を増やすために少しだけでよいから王子妃教育の時間を減らしてほしいと言いたいのに言えないことを悩んでいるほどだった。

3年前、メリッサが7歳の時、母のエリシャが病気で亡くなった。いつも笑顔で優しい母は不思議と周囲を明るく和《なご》ませる人で、メリッサだけでなく父も兄も、母にとって姑《しゅうとめ》にあたる祖母までも母のことが大好きだった。

母が亡くなってからのジョンストン公爵家は、父と兄と祖母とメリッサの4人家族だった。

過去形なのはメリッサの10歳の誕生日の少し後に、両親を亡くした従妹《いとこ》のアメリアをジョンストン公爵家で引き取ったからだ。

アメリアが来てからは5人家族のはずだが、今も4人家族のままのように感じる。それはメリッサは含まれない、父と兄と祖母とアメリアの4人家族だ。

アメリアは亡くなった母エリシャの妹の娘。輝く金髪とバラのような赤い瞳が母と同じで、まるで愛くるしい猫のように誰から見ても可愛らしい美少女。明るく溌剌《はつらつ》とした眩《まぶ》しい笑顔だったかと思えば、ふとした拍子で両親の死を思い出して塞《ふさ》ぎ込んだりと、その不安定なところが放っておけないと周囲を惹《ひ》き付ける。

ただでさえ可愛らしいアメリアだが、亡くなった母と同じ髪と瞳の色をしているアメリアへジョンストン公爵家の人々が抱く愛着は別格だ。母が亡くなってから塞ぎ込んでいたジョンストン公爵家は、同じように家族を亡くしたアメリアを可愛がることによって徐々に明るさを取り戻していった。


メリッサの父ジョンストン公爵イライアスは銀髪に碧眼《へきがん》の美丈夫、2歳上の兄パトリックは銀髪に赤い眼の美少年、祖母エイダは銀髪に碧眼の美しく上品な老婦人。そんな中でメリッサは、瞳の色だけは父や祖母と同じ碧眼だが髪は平民にありふれた茶髪で銀髪ではなく、金髪紅眼の母の色も受け継いではいなかった。

アメリアが現れるまでのメリッサは問題なく家族と仲良くできていると、父も兄も余計なことは話さない寡黙な気質のため明確に言葉にして愛情を伝えることがないだけでメリッサを愛してくれていると、そう思っていた。

でも、今思えば母が存命の頃は、家族は母を中心として通じ合っていた。母が亡くなってからは家族で塞ぎ込んでいたために気付くことがなかっただけで、父も兄も祖母もメリッサを可愛がる母を愛していたにすぎなかったのかもしれない。

アメリアの一挙一動に心を配る家族の姿を見ていると、嫌でもメリッサとの差に気付く。皆、亡くなった母への気持ちをアメリアへ重ねているからしょうがないのだと、メリッサは悲しく思う気持ちを抑え無理やり納得させていた。


メリッサとアメリアはメリッサの方が半年ほど誕生日が早い同い年。アメリアが来た当初は両親を亡くしたばかりの従妹へ同情し、他の家族と同じように何かと世話を焼いていたメリッサだったが、徐々に違和感を抱くようになる。

一番最初の違和感は「メル」という愛称のこと。

家族から「メル」と呼ばれていたメリッサ。亡くなった母も「メル」と呼んでくれていた。

アメリアが公爵家に来て1カ月くらい経ったある日、父がメリッサへ「メル」と呼びかけた。

それを聞いていたアメリアが「私もお父様とお母様から『メル』と言われていたの」と泣き出しそうな顔で言ったのだ。

その日からジョンストン公爵家の「メル」はアメリアとなった。

「アメリアにはもう『メル』と呼んでくれる両親はいないんだ。アメリアに『メル』を譲れるよね」とメリッサに聞いてきた兄は、気弱なメリッサが「嫌だ」と言い返すことなどできないと知っていたはず。家族がアメリアを「メル」と呼ぶたびに、メリッサは自分の居場所がなくなったように感じ胸が苦しくなる。


アメリアへの違和感は続く。

家族での食事の際にメリッサだけが会話に入れないのだ。

無口で寡黙な父と兄に、聞き役が多い祖母と、内向的なメリッサ。母が存命の時は、母が会話の中心となり話を盛り上げることが多かったのだが、今は、その母の位置にアメリアがいる。

母が亡くなってからは、メリッサは自分が食卓を明るくしないとと頑張って話題を振っていた。メリッサとの会話では口が重かった父と兄が、アメリアの言葉には積極的に反応し盛り上がっている。

当初はメリッサにはできなかったことを難なくこなすアメリアの社交性にただただ感心していたのだが、ふと、アメリアはメリッサだけには話を振らないことに気付く。それどころか、アメリアは父、兄、祖母の会話の流れを誘導しメリッサを会話に入れないようにしているような気がする。

これはもしかしたらメリッサの気のせいかもしれないが、アメリアが来る前よりもメリッサと家族との会話は減っていることは事実だった。

◇◆◇◆◇

アメリアへの違和感が不協和音だとはっきりと自覚したのは、アメリアがジョンストン公爵家へ来て3カ月経った、庭のカルミアが綻《ほころ》び出した初夏の頃だった。

メリッサは同年代の令嬢数人を呼び、カルミアが咲くジョンストン公爵家の中庭でお茶会を開いた。第二王子クリストファーの婚約者候補として王子妃教育のために王城へ通っていたメリッサは、第一王子の婚約者候補ハモンド公爵令嬢ジャクリーンと親しくしていて、お茶会にはジャクリーンを筆頭にハモンド公爵家の分家や寄子の令嬢たちを招待していた。

「こちら、私の母方の従妹で妹になったアメリアです」

「アメリア・ジョンストンです。皆様、仲良くしてくださいね」

アメリアは最近まで子爵令嬢だったとは思えない見事なカーテシーを披露《ひろう》する。

これは、アメリアのお披露目のために父に頼まれ、ジャクリーンに協力してもらい開催したお茶会だ。アメリアはジョンストン公爵家に来る前にも子爵令嬢としてお茶会に参加したこともあると聞いていたし、上位貴族の礼儀作法を身につけ始めていたので、同年代の令嬢だけのお茶会ならば問題ないだろうと父もメリッサも考えていた。


「……申し訳ございません。上手に食べれずお恥ずかしいです」

そんなアメリアはシンプルなケーキも上手に食べられないのだと目に涙を溜《た》め、恥ずかしそうに謝っていた。

通常ならばテーブルマナーが身についていないアメリアへ非難の声が上がるはずなのだが、美少女が綺麗《きれい》に食べようと一生懸命に頑張る健気《けなげ》な姿が同情を誘う。

——まだ作法が身についていないアメリア様をなぜお披露目したのだろう。メリッサ様はわざと未熟なアメリア様を人目に晒《さら》し、笑い者にしようとしたのでは？　――アメリアの哀れな姿に魅せられた令嬢たちはそう考えた。中には、これはメリッサの醜態になるのではないかとまで計算するものもいた。メリッサと第二王子との婚約はまだ候補の段階だということを知っていて、婚約者の地位を狙っている令嬢は沢山いるのだ。

メリッサと同い年で第一王子の婚約者候補のジャクリーンは、実は現ハモンド公爵の弟の娘で、第一王子の婚約者となるためにハモンド公爵家に養子として引き取られたという過去がある。本来なら分家筋の伯爵令嬢だったジャクリーンは、由緒正しい公爵令嬢であるメリッサへ密《ひそ》かに劣等感を持っていた。

そんな中現れた、自分と似た境遇のアメリア。養母となった公爵夫人と折り合いの悪いジャクリーンは、メリッサを養母に、アメリアを自分に重ね、アメリアの健気な様子を見てメリッサへの憤りを感じたのだ。

「メリッサ様、アメリア様がかわいそうだわ」

この場で一番立場の強いジャクリーンのこの一言で、これはメリッサがアメリアを嘲笑《あざわら》うためのお茶会だったのだと決定してしまった。

メリッサがアメリアをフォローするように声をかけることができていれば避けられた事態な

のだが、アメリアが周囲に不勉強を詫びている時、メリッサは別の令嬢と話し込んでいたのだ。タイミングが悪かった。ジャクリーンの生い立ちの不運も重なってしまった。

そもそも、アメリアは家族の前では食べづらいミルフィーユすら上手に食べていたし、その日の朝食でも難しい魚料理を難なく食べるほどのフォークとナイフ捌《さば》きを披露していたのだ。

アメリアに嵌《は》められた。

メリッサがそう気付いた時には、ジャクリーンがアメリアへ「お茶会のマナーなら私が教えるわ」とハモンド公爵家のお茶会への招待を約束し、令嬢を引き連れて帰った後だった。

その日からジャクリーンは王城でメリッサと会ってもよそよそしい態度をとるようになり、逆にジャクリーンとアメリアは自他共に認める親友として親しくなっていった。

◇◆◇◆◇

アメリアはメリッサに対して害意がある。メリッサはその事実に気付き、どう対処しようかと途方に暮れた。

アメリアはいつも笑顔で明るく、庭師やメイドなどの下級使用人にまで感謝の言葉をかけたりと誰に対しても優しく気配り上手で、公爵家のマナーを覚えようと日々努力し、誰かの悪口を言ったり不満を言っているところを見たことがない。

この3カ月で父・兄・祖母だけでなく使用人たちからも好かれているアメリア。

そのアメリアが害意を持ってメリッサを嵌めたのだと伝えて信じてくれる人がいるだろうか。

メリッサだって、わがままを言ったり高圧的な態度を取ったことはないし、王子妃教育や公爵令嬢としての勉強を毎日欠かさず、貴族令嬢として、人として恥ずかしくないように生きているつもりだ。これまでジョンストン公爵家で育った10年分の信頼もあるはず。

父と兄は信じてくれるだろうか。

本当なら母に相談したい。母なら私の話を聞いた後、アメリアへどうしてメリッサと仲良くできないのかとざっくばらんに聞いてくれそうだ。

母はいないのだと改めて思い直したメリッサは、同性の祖母に相談してみることにした。

「あなたは何を言っているの？」

初めての祖母からの強い言葉に、メリッサは頭から冷や水をかけられたように硬直してしまう。意識しないと呼吸ができず、吸って吐いてと集中し呼吸を整える。

「お茶会の話はメルから聞いたわ。緊張してしまって上手にできなくてメリッサに迷惑をかけてしまったと謝っていたのよ。そのメルがあなたを不利にするために仕組んだだなんて言うなんて、あなたには失望したわ」

「でも、いつもは上手に使っていたカトラリーをあのお茶会の時だけ……」

「だから！　緊張したのだって言っていたし、ちゃんと謝っていたのよ。あなただって母親を亡くした後は不安定になっていたじゃない。メルだって不安定なのよ。分かってあげてちょうだい」

アメリアは私には謝っていない。心の中でそう思うメリッサだったが、初めて向けられた祖母の剣幕に押されて、喉が詰まり思うように声が出せない。

「もう、2度とそんな話はしないでちょうだいね」

祖母は最後にそう言い、メリッサを部屋から追い出した。


それから1週間後、メリッサは外出から帰った祖母とアメリアの2人を見かけた。

「お祖母様、今日はありがとうございました。初めてのオペラ、とっても素敵で感激でした」

「オペラはダリアと良く行っていたのよ。今日はまるで若い頃に戻ってダリアと一緒に見ているようで楽しかったわ。また行きましょうね」

ダリアとはメリッサの母方の祖母。母の妹の娘であるアメリアの祖母でもある。メリッサが生まれる前に亡くなった祖母のダリアは、母とアメリアと同じ金髪に紅眼だったそうだ。祖母同士が仲が良かったことで父と母は婚約したのだと聞いたことがある。

母が存命の頃、祖母は母と2人で頻繁《ひんぱん》にオペラを観に行っていた。自分は幼いから連れて行ってもらえないのだと思っていたメリッサは、大きくなって母のように祖母とオペラに行くのを楽しみにしていたのに。祖母は同い年のアメリアとはオペラへ行ったのに、メリッサのことは誘わなかった。

メリッサは必死に涙をこらえ、何か喉元に詰まっているような思いで、はしゃぐ2人に気付かれないようにそっと自室に戻った。

◇◆◇◆◇

メリッサは第二王子クリストファーの婚約者候補として、兄パトリックは第一王子エルドレッドの側近候補として週4日の頻度で王城へ通っている。

極たまに2人の登城時間が重なった時などは、メリッサとパトリック2人一緒の馬車で通うことがある。メリッサはたまにある兄と2人きりになれる馬車の時間を密かに楽しみにしていた。

パトリックが読んだ本の話をしたり、メリッサが今弾いているピアノの楽曲の話をしたりと、些細《ささい》なことしか話さないがメリッサにとって大切な兄妹としての時間だった。

朝晩は涼しくなってきた夏の終わりのある日、急な変更でたまたまパトリックと同じ時間に登城することになったメリッサは、パトリックと一緒に城へ行こうと馬車へ乗り込んだ。

「どうしてアメリアがいるの？」

パトリックだけだと思っていた馬車の中には、いるはずのないアメリアが座っていたのだ。

「お兄様とお姉様が王城へ通っている間、公爵家に残っているのが寂しいと私がわがままを言ったのです」

「メルのわがままじゃない。エルドレッド殿下に一度メルを連れてこいと頼まれたんだ。元々私が殿下にメルの話をしていたところに、ジャクリーン嬢からもメルの話を聞くようになって興味を持たれたようだ」

私のことはエルドレッド殿下へ紹介しないのに、アメリアは紹介するのか……。

メリッサはエルドレッドに紹介してほしいなどと思ってはいなかったのだが、兄からアメリアへの特別扱いが見えて悲しくなる。

「第一王子殿下にお会いするなんて、失礼がないかと緊張して昨日はなかなか寝られませんでした」

「礼儀作法の教師から登城しても問題ないとお墨付《すみつ》きをもらったじゃないか。大丈夫、万一何かあっても私がいる」

「お兄様が一緒なら安心です」

まるでメリッサと2人の間には壁があるかのように、兄とアメリアは2人で会話を続けている。

「それにしても、メルはジャクリーン嬢と仲が良かったんだな」

「はい。とてもよくしていただいてます」

「エルドレッド殿下はジャクリーン嬢ととても仲睦《むつ》まじい。将来の国王夫婦に気に入られればメルも安泰だ」

「お兄様！　将来の王妃だからとかじゃなく、ジャクリーンとは気が合うから仲良くしてるのです！」

そう言いながら頬を膨らませているアメリア。打算的な感情など一つもないと思わせながら、エルドレッドに会いに行くところまで漕《こ》ぎ着けたその手腕に、メリッサはただただ感心する。

祖母にアメリアのことを相談したのに冷たくあしらわれた後、なぜアメリアはメリッサを孤立させるのかと考えた。

そこでやっと、アメリアが上位を目指す野心溢れる性格だった場合、メリッサを踏み台にしその地位を奪う方が、メリッサと仲良くしつつ新たな立場を築くよりもずっと早くて簡単なのだと気付き、これまで気付けなかった鈍い自分に落ち込んだ。

上昇志向があり、周囲をコントロールして事を上手く運びながらも、その野心は絶対に匂《にお》わせない。アメリアのそれは貴族令嬢としてとても正しい姿なのだろう。貴族社会では非難されるようなことではないし、逆に、元子爵令嬢に簡単に陥れられているメリッサが叱責《しっせき》される立場なのだ。

この馬車に乗る前、メリッサ付きの侍女の一人がアメリア付きへの配置換えを希望していると家令から言われた。あのお茶会の出来事も私と同じ目線で見ていたその侍女は、とても向上心が高かった。彼女はアメリアの隠された一面に気付いた上でメリッサではなくアメリアに付きたいと選んだのだ。

純粋な顔と野心家な顔、それぞれ魅せる相手を見極めているアメリアが恐ろしい。ただ公爵家に生まれ、その地位に見合うようにと強がっているだけのメリッサがそんなアメリアに敵《かな》うはずがない。

クリストファーとは、6歳の顔合わせであからさまにがっかりされてからは、正式な婚約者ではないからとほとんど交流がない。

クリストファーは幼少の頃に兄パトリックを連れて登城した母エリシャを一目見て憧れ、顔合わせの前までエリシャの娘が婚約者候補なことに喜んでいたのだと噂好きな王城の侍女たちが教えてくれた。母と同じ金髪紅眼で、明るく天真爛漫《てんしんらんまん》なところも母に似ているアメリア。そんなアメリアが王城へ行く。もしもクリストファーとアメリアが出会ったらどうなるのだろうかなんて、考えなくても分かる。

クリストファーとは顔合わせ以降交流がないし、好き嫌い以前によく分からないというのがメリッサの正直な気持ちだ。むしろ王子妃教育がなくなればピアノを弾く時間が取れるからいいとすら思っている。

メリッサはクリストファーの婚約者候補。馬車に揺られながらパトリックとアメリアの会話を聞いているだけのメリッサは、クリストファーと正式に婚約するのはアメリアになるのではないかと諦《あきら》めていた。

庭の木々が色づき始めた秋の中頃、ジョンストン公爵家ではアメリアの10歳の誕生パーティーを開いた。

これまでアメリアは令嬢だけのお茶会には参加していたものの、ジョンストン公爵家の分家や親類縁者を招待した正式な場に参加することは初めてで、この誕生パーティーはアメリアの正式なお披露目。

そこへ、第一王子エルドレッドと第二王子クリストファーが揃《そろ》って参加した。

パトリックとアメリアと3人で登城したあの日以降、時折りアメリアが王城へ行っていることは知っていたが、アメリアは抜け目なくクリストファーとも知り合っていたようだ。

◇◆◇◆◇

仲の良い婚約者候補のジャクリーンをエスコートして参加したエルドレッドに対し、クリストファーは婚約者候補のメリッサをエスコートすることなく、アメリアの誕生パーティーへ参加した。

クリストファーはメリッサの誕生パーティーへは参加したことがない上でアメリアの誕生パーティーへ参加し、しかも、アメリアとだけダンスを踊った。

そんなアメリアの誕生パーティーから数日後、周囲の視線が気になったメリッサは侍女へ問いかける。どうやら、クリストファーの婚約者はメリッサからアメリアへ代わるのではないかという噂が社交界で広がっているらしい。

このことでメリッサが何より傷ついたのは、父は傍観に徹し、メリッサを蔑《ないがし》ろにしたクリストファーや王家へ抗議を上げることもなく、メリッサを労《いたわ》るどころか声をかけることすらなかったこと。

王家からの要望で、6歳の頃からピアノの時間を削ってまで王子妃教育をしているメリッサ。クリストファーはそんなメリッサの誕生パーティーには参加したことがないにもかかわらず、妹とはいえ他の令嬢の誕生パーティーへ参加しダンスまで踊ったというのに、何も言わない父。父はメリッサが傷ついていることよりも、クリストファーの訪問に喜んでいたアメリアの気持ちに水を差すことが嫌なのだろう。

お父様にとって、私の努力など眼中になく、私が他人に軽んじられても構わず、そんな私にかける言葉もないほど無関心なのか。お兄様もお祖母様も社交界の噂を知っているはずなのに、心配して話しかけてくれることもない……。

メリッサは侍女が出て行き一人になった部屋で、両膝に顔を埋めてしばらく泣き崩れた。

そうだ。ピアノを弾こう。

メリッサのピアノには、弾いている本人以外に音が聞こえなくなる消音魔道具が付いている。3歳でピアノの虜《とりこ》になったメリッサは、下手くそながら思うがままに弾き続けたのだが、すぐに祖母から耳障りだと言われてピアノへ消音魔道具を付けられた。

この消音魔道具は簡単な操作で個人指定で消音を無効にすることができ、弾いている本人以外でも聴きたい人だけピアノの音を聴くことができる。かつての父と兄は、仕事や勉強の合間に、時折りメリッサのピアノを聴きに来ていた。

「また上達したな」

「メルのピアノは癒《い》やされる」

優しくそう言ってくれていた父と兄を思い出す。それと同時に、そういえばアメリアがジョンストン公爵家に来てからは、父も兄も一度もメリッサのピアノを聴きに来たことがないことにも気付いた。

生前の母は頻繁にメリッサのピアノを聴きに来てくれた。メリッサがピアノの練習をしているのを見つけると、必ず消音を無効にし、弾いているのが同じパートを繰り返しているばかりの練習だったとしても聴きたいのだと笑っていた。

王子妃教育が始まり、ピアノを弾く時間が思うように取れず、いっそのこと辞めてしまおうか迷っていた時の母の言葉を思い出す。

「人は裏切っても身につけた技術は裏切らないの。メルがピアノを嫌いにならない限りは時間を作ってでも弾き続けなさい。ピアノはきっとメルを助けてくれる。……私はメルのピアノが大好きよ」

最近は悲しいことが多いけれど、私にはピアノがある。ピアノは貴族と裕福な平民しか習うことができない贅沢《ぜいたく》な趣味なのだと王子妃教育で習った。こうしてピアノが弾けるだけで私は充分幸せじゃないか。

距離のできてしまった家族への悲しみを無理やり見ないふりをし、大好きな母への想いを込めて、メリッサはピアノを弾き続けた。

◇◆◇◆◇

アメリアの誕生パーティーからひと月経った冬の初め、母の3回忌では家族皆で教会へ行き祈りを捧げた。母の好きだった白いチューリップを墓に供え、晩餐《ばんさん》には母の好物を食べた。

そんな母の命日の翌日、メリッサは王子妃教育で登城するために馬車どめへ向かうと、たまたま前方を歩いていたアメリアの後ろ姿が目に入ってくる。

「え……」

繊細な銀細工の中心に青く澄んだタンザナイトが付いた髪飾り。いつも母の髪をまとめていた髪飾りに間違いない。

母が亡くなった後は父の手元にあったはずのその髪飾りが、今、母と同じ豊かな稲穂のような黄金のアメリアの髪を、母と同じように後ろ髪の上半分だけを留めている。

驚き呆然《ぼうぜん》としてしまったメリッサはその場に立ちすくむ。

アメリアはそんなメリッサに気付くことなく馬車どめの方向へ歩き去ってしまった。きっとアメリアも王城へ行くのだろう。立ち止まったメリッサに対して同行している侍女と護衛が戸《と》惑《まど》っていることは分かるが、このまま前に進むことができない。

メリッサは踵《きびす》を返し、ジョンストン公爵家の奥へ向かい歩き出した。

向かう先には父の執務室がある。「どうして」と「聞いてどうする」が心の中でせめぎ合い激しい波を立てている。執務室のドアの前で立ち止まりこのまま入るか迷っていると、元々ドアの前を守っていた護衛がメリッサの訪れを知らせてしまった。

「城へ行く時間ではないのか？」

意を決して部屋入ったメリッサへ父が問いかけてきた。父はいつも仕事をしている机に座り、目線は書類に落としたままメリッサの方は見ていない。

戸惑った気持ちのまま衝動的に来てしまったメリッサは、何をどう問いかけていいのか分からない。そんな疚《やま》しい気持ちからか父の姿をまっすぐ見つめることができずにいると、父の机の上に生けてある白いチューリップに気付く。

父に何をどう言っていいか分からない。どうしたいのか、何を言ってほしいのか自分でも分からない。

どうして、アメリアに上げてしまったの？　どうして、私には一言もないの？　どうして、私じゃないの？　どうして、……。

メリッサには母の髪飾りの思い出がある。アメリアは髪飾りの存在も知らなかったはず。アメリアよりも実の娘のメリッサの方があの髪飾りを欲しいに決まっているではないか。

父がアメリアへ髪飾りをあげたのはアメリアのためではなく、父自身のためだろう。父は母に似たアメリアがあの髪飾りを付けている姿が見たかったのだ。

つまり、父はメリッサが髪飾りをもらえないことに傷ついても、自分の欲を満たしたかったということ。

メリッサを気にかけることなく黙々と仕事をしている父へ、メリッサはやっとの思いで声をかけた。

「お母様の髪飾りをアメリアが付けているのを見たのです」

「登城時間を遅らせてでも伝えたいことはそのことか？　あれは私がメルに頼んで付けてもらっているだけだ。……メルに贈ったわけではない」

父が言う〝メル〟とはアメリアのこと。もちろんメリッサのことではない。アメリアが来る数カ月前まではメリッサが父の〝メル〟だった……。

「分かりました」

父の返事は〝アメリアにあげたわけではないから口を挟《はさ》むな〟ということ。メリッサはこれ以上何も言うことはできない。

メリッサがまだ母が生きていた6歳の頃、髪飾りに付いているタンザナイトが父の瞳の色と同じだと母に伝えると、「明け方の空みたいな綺麗な青色よね。メリッサの瞳も同じ」と愛おしそうに言ってくれた。そんな母の姿を思い出す。今、その思い出を父に伝えれば、あの髪飾りをメリッサにくれるだろうか。……いや、違う。メリッサの眼を見て、母の昔話を一緒にしてくれるだろうか。

メリッサは何も言う事なく父の執務室から退室した。入室から退室までの間、明け方の空みたいだと母が言っていた青い眼がメリッサを見ることはなかった。

◇◆◇◆◇

「まさかとは思うが、エリシャの髪飾りを付けているからと、メルを陰で虐《しいた》げていたりなどしていないよな」

冬の真ん中の最も寒い時期、兄パトリックの誕生パーティーの次の日、メリッサは兄と共に父の執務室に呼ばれ、窓の外の空気のように凍てつく声で父に問いかけられた。

父の執務室に入るのは、髪飾りについて問いかけた日以来2カ月ぶりだ。

「昨日のパーティーの終盤、ジャクリーン嬢が内々で私とパトリックにメルのことを相談して帰ったんだ」

そう父が言うと、兄までもメリッサのことを冷たく見下ろす。

「ジャクリーン嬢と話している時、メルがふいに意気消沈し落ち込む時があるが、何に悩んでいるのかと訊《き》いても答えてくれない。メルは私や父上やお祖母様のことは話すがメリッサの話題は避けている、と。ジャクリーン嬢とメルが初めて出会ったお茶会での出来事も教えてくれた。クリストファー殿下の婚約者候補から降ろされるのではと噂があるメリッサが、クリストファー殿下と仲の良いメルに何かしているのではないかとジャクリーン嬢は心配して声をかけてくれたんだ」

父と兄からの鋭い声での詰問に、メリッサは何も考えられなくなる。

「アメリアを虐げたことなどありません」

メリッサはアメリアこそ陰でメリッサを孤立させているのだと言い返せばよかったと後になって後悔したが、その時は震える声でそう答えるしかできなかった。

メリッサの答えを聞き、父と兄は眉に深いしわを寄せている。

「メリッサとメルの侍女たちを問いただしたが、そんな事実はないと言われた。お茶会の件もメルが緊張していたせいだと母上が言っていた。メルは両親を亡くしてまだ1年も経っていない。最近ではましになったが、我が家へ来た当初の頃も情緒が不安定なことがあった。ジャクリーン嬢が心配している不安定なメルの様子も両親を亡くしたことが原因なのだろう」

そう父は言った。ではなぜメリッサの無実を分かっていてもなおメリッサへこんな尋問をしているのだろうか。

「ただ、メリッサはメルのことを悪しきように言っていたのだとお祖母様が言っていた。母上の髪飾りをメルが付けていることに対しても父上に抗議しに来たというではないか」

この兄の言葉で、あのお茶会の後に祖母へ相談したことを後悔した。

信用して悩みを打ち明けたことがこんな形で返ってくるなんてあんまりだ。父は冷たい表情を緩めることなくメリッサに問いかける。

「メルの何が不満なのだ」

アメリアのことが不満なのではない。アメリア如きに対処できない自分の不甲斐なさに腹が立つのだ。父と兄と祖母がメリッサのことを見なくなったことが悲しいのだ。父と兄と祖母が、ただ髪の色と目の色が同じなだけのアメリアに大好きな母エリシャを重ねていることが信じられないのだ。

確かにアメリアは明るくていつも笑顔なところは母と一緒だとメリッサも思う。

でも、母は会話に入れない人がいたらその人に積極的に話しかけ、その人でも分かる話題に切り替えていた。母は相手によって意見を変えたりせず、自分の意見をちゃんと言う人だった。

母は大切な人が間違ったことをしていたらその人のことを考えて指摘してくれる人だった。

少し話せばアメリアと母の内面は全く似ていないと気が付くはずなのに。アメリアを母の代わりに溺愛《できあい》している父と兄と祖母は、本当に母のことが好きだったのかと疑問にすら思う。

何か言わないといけないと焦るメリッサだが、愛する家族に見せる表情とは思えない不愉快そうな顔をしている父と兄を見て突き刺さるような悲しみが襲う。喉がキュッと縮まり、ここで無理やりに言葉を発せば泣いてしまう予感がする。

父と兄は黙ったまま答えないメリッサを睨《にら》みつけ、話は終わった。

この日から父・兄・祖母・アメリア４人とメリッサの間には明確に溝が生まれ、必要事項以外は会話をすることがなくなってしまった。

2章　not selected

「えっ、私の誕生パーティーはないの？」

「申し訳ございません。メリッサお嬢様の誕生日はアメリアお嬢様のご両親の命日と同日なのです。旦那様の判断により、一周忌の今年はアメリアお嬢様のお気持ちを考えて喪に服すことになりました」

長い冬が明け春になり11歳の誕生日を来月に控えたメリッサは、誕生パーティーへ招待してほしい友人知人のリストを家令に渡したことで、自分の11歳の誕生パーティーが開催されないことを知った。

去年までクリストファーの婚約者候補として盛大な誕生パーティーを開いてくれていた父は、今ではクリストファーの婚約者候補としての面目を保つことすらしてくれない。

メリッサは家族との関係が変わってしまったこの1年を振り返り、父と兄と祖母から以前のように愛されるためにはどうすればよいのかと考えたが、答えは出なかった。

最近ではクリストファーとアメリアが2人で出かけている姿が度々《たびたび》目撃されていて、美少年と美少女の2人がお似合いだと話題になっていたとしても、メリッサの王子妃教育は相変わらずなくならない。

王子妃教育の課題のために王城内にある図書館にしかない本が必要となったメリッサは、久しぶりに王城の図書館を使用し、一人で勉強をしているアメリアを見かけた。

アメリアの付き添いは元はメリッサ付きだったアメリアの裏の顔も知っている侍女が一人だけのようだ。持ち出し禁止の分厚い医術書を真剣に読んでいるアメリアは、メリッサの視線に気付き、不敵な笑みを浮かべて鼻で笑った後、挨拶もなく図書館の奥へと消えてしまった。

アメリアが公爵家へ来てもうすぐ1年になるが、アメリアがメリッサへあからさまな表情を見せたのは初めてだった。

敵意を表に出すことなく、ここまでメリッサを孤立させたアメリア。その狡猾《こうかつ》さに舌を巻き、もう隠す必要がないと舐められているほどに今の自分の形勢が悪いのだとも気付き落ち込む。

アメリアは物覚えが良くどんどんと知識を吸収し、公爵家で雇っている厳しい家庭教師達が褒《ほ》め称えるほどに賢く優秀なのだと、祖母や父が来客に自慢しているところを見かけたことがある。あんな分厚い医術書を理解できるほどにアメリアは賢いのだなと、メリッサは素直に感心した。

王城の図書館でアメリカと遭遇した日から数日後、メリッサはその日の王子妃教育を終えて王城から公爵家へ帰り、自室へ向かって歩く。

顔が見えなくなるほど大きな赤い花束を抱えたアメリアと、父、兄、祖母の4人がロビーで談笑しているのを横目に通り過ぎようとしたメリッサへ、珍しくアメリアが声をかけてきた。

「お姉様！　ちょうど良かったわ。このアネモネに光魔法をかけてくださらない？」

すっかり家族との会話がないことに慣れていたメリッサは、突然の呼びかけにびっくりしてしまう。

アメリアから声をかけられたのなんてひょっとするとアメリアに嵌められたお茶会ぶりではないか、とまで考えていたメリッサは、つい反応が遅れてしまった。

「……光魔法？」

魔力は血で伝わる。貴族のほとんどと一部の平民だけが魔力を持つのだが、魔力を持たない者でも使える魔道具が出回っているために魔力なしでも不便はない。

魔力を持つ者は10歳から12歳前後の身体に男女の違いが現れる頃、成長した魔力が身体から漏れ出るようになる。その溢れ出る魔力を使えば、魔道具なしでも魔法を使えるのだ。

メリッサは9歳で魔力が溢れ、今では軽いかすり傷を治す程度の光魔法まで使える。

光魔法は女性にしか発現しない珍しい属性ではあるが、特別に取り立てるほどではなく、亡き母も光魔法を使っていた。


「クリス様からこんなに沢山のアネモネをいただいたんですが、嬉《うれ》しくてずっと抱きしめていたら何本か萎《しお》れてしまったんです。私はまだ魔力が溢れてないから魔道具なしでは魔法が使えないのですが、お姉様はもう光魔法まで使えるのだと魔法学の先生に聞きました！」

メリッサの婚約者候補のことを愛称呼びしていることを仄《ほの》めかし、アメリアの瞳と同じ赤いアネモネの花束をもらったことまで見せつけている。横にいる父たちは、これを聞いてもなおアメリアは純粋なのだと妄信している。この程度なら大丈夫だろうと判断したアメリアは、メリッサだけでなく父たちのことも舐めているのだ。


アメリアはクリストファーとの親密な関係を誇示するために、珍しくメリッサへ声をかけたのだろう。

メリッサはため息をこらえ、言われるまま投げやりにアメリアが抱えているアネモネの花束へ手をかざし、光魔法をかけた。

――――ボンッ！


メリッサが光魔法をかけたと同時に、花束を中心に勢いよく魔力が弾けた。

大きな音と共に、アネモネの赤い花びらが部屋中に舞い散る。

大きな弾丸のような魔力を、メリッサとアメリアは避けることもできずにもろに喰らった。

四方八方へ舞い散る赤いアネモネの花びら。身体が傾き倒れてゆくアメリア。

びっくりした顔で駆け寄ってくる父、兄、祖母。まるで時間の流れが遅くなったように、不思議とメリッサの目に周囲の動きがゆっくりと見えている。

３人はまっすぐにアメリアの元へ駆け付け、アメリアを抱き寄せている。

誰もメリッサを見てはいない。舞い散る花びらと共に徐々に視界が下に落ちていき、頬にひんやりと冷たい床の感触がして皆の足元しか見えなくなった。


「メル！」

お父様が叫んでいる「メル」が私のことだったらいいのに……。

そう思いながらメリッサは意識を手放した。

目を覚ますと、メリッサは真っ暗な自室のベッドに横になっていた。

すでに夜も更《ふ》けた部屋にはメリッサ以外誰もいない。

◇◆◇◆◇

ベッドの上でしばらく呆然としてしまったメリッサは、枕元のベルを鳴らして侍女を呼んだ。

2人いたメリッサ付きの侍女のうちの1人がアメリア付きへの変更を希望し去っていった後も、変わらずメリッサの侍女として残っていてくれている侍女のローズ。ローズはメリッサが聞いたことは、メリッサが悲しむだろう話でも変に隠したりせずにちゃんと真実を教えてくれる。

そんなところが母に似ていて好きだ。

ローズに話を聞くと、あの後アメリアはすぐに目を覚ましすでに医者の診察を済ませたらしく、父と兄と祖母は今はアメリアの部屋にいるのだと教えてくれた。

メリッサも意識がない中ですでに医者の診察を受けていて、魔力の反発が起きたために衝撃を受けメリッサは脳震盪《のうしんとう》を起こし、アメリアは左手を捻挫《ねんざ》したと言う。

「アメリア様の捻挫はすでに治療し完治していると聞いています。メリッサ様の脳震盪には光魔法が使えないそうなので、明日1日は安静にとのことです」

家族が誰も顔を見に来ないことに同情したのだろうか、ローズはメリッサの頭を優しく撫《な》でてくれた。

久しぶりの人肌が嬉しくて涙が出そうになる。

これは、ローズの優しさが嬉しい涙であって、父や兄、祖母がメリッサを心配して一目でも様子を見に来てくれないことを悲しんでいる涙ではない。

無理やりにそう思い込み、メリッサはまた眠りについた。

次の日の昼、安静にとのことでベッドに横になっていたメリッサの元へ父が来た。

おざなりにメリッサの体調を気遣《きづか》った後、父は昨日の件について説明する。

「昨日の魔力の暴発は、メルとメリッサの魔力相性が悪かったために反発して起きた事故だ。双子などでごく稀《まれ》に起こる現象で、今まで従姉妹同士の症例はなかったそうだが、理論上はありえるらしい。メルも魔力が溢れるようになったことで、これからは2人が近くにいるだけで昨日のような暴発が起きる。そのため、2人共に溢れている魔力を抑える魔力操作を覚えるまでは2人を離すようにと医者に言われた」

父の言葉の続きを予想してしまったメリッサは、思わず耳を塞ぎたくなる。

「両親を亡くしてこのジョンストン公爵家に来たばかりのメルがまた居を移すのはかわいそうだと、メリッサもそう思うだろう？　アメリアのことを慮《おもんぱか》ってメリッサが領地へ行ってくれないか？」

メリッサは「はい」とも「いいえ」とも答えなかった。

無言で父の手を見つめていたが、父は言うだけ言って満足したのかメリッサの部屋を出ていってしまった。アメリアの元へ戻るのだろう。

1年前まではあの手で頭を撫でてくれたことだってあったのに……。私はどうしたらよかったんだろう。お父様からもう一度愛してもらうにはどうしたらよいのだろう。……分からない。

メリッサは11歳の誕生日を待たず領地へ行くことが決まり、次の日から荷造りが始まった。

侍女のローズが領地へも一緒に行ってくれることだけが唯一の救いだ。

領地へ行く馬車へ乗り込む前、父、兄、祖母に出発の挨拶《あいさつ》をする。

「お父様、お兄様、お祖母様、すぐに王都に帰れるように魔力操作を頑張ります」

祖母が「頑張りなさい」とだけ言い、誰も「寂しくなる」とも「帰りを待ってる」とも言ってくれなかった。

アメリアとはあの魔力反発以来、顔を合わせることができないために挨拶もなしだ。メリッサはふと、アメリアの部屋の窓を見上げた。あの図書館の時と同じように不敵に笑い、こちらを見下ろしているアメリアと目が合った。

領地へ向かう馬車の中、アメリアが持ち出し禁止の医療書を見ていたことを思い出したメリッサは、アメリアが血が近い間柄で魔力反発が起こるという医療知識を持っていた可能性に思い至る。

今思うと、メリッサとアメリアの魔力の反発ならば、花束を中心に魔力が弾《はじ》けた感覚がしたのはおかしい。

意識がない中で診察を受けたメリッサは、花束を中心に魔力が弾けた感覚を医者に伝えることができなかったため、アメリアの偽装が周囲に露呈しなかったのだ。

あの魔力反発は事故ではなかった。

アメリアが魔力反発に見せかけて故意に起こし、それと分からないようにわざとメリッサが意識のない中で医者の診察を受けさせたのだろう。

メリッサが領地に行くことを知った王家は、王城へ通えないならと、いとも簡単にメリッサをクリストファーの婚約者候補から降ろした。

メリッサがいなくなってもクリストファーと仲の良いアメリアがいる。王家としてもジョンストン公爵家としても問題はない。

わざと起こした魔力反発だけではない。この1年のアメリアの行動はアメリアがメリッサの立場を乗っ取るためだったのだ。

ジョンストン公爵家を追い出された今それに気付いても、メリッサにはもう為《な》す術《すべ》はなかった。

◇◆◇◆◇

ジョンストン公爵家には複数の領地がある。ジョンストンの名が付く一番大きな領地にしか行ったことがなかったメリッサが行き先に選んだ領地は、隣国、テルフォート帝国との国境に近い小さな田舎町《いなか》ロートン。養殖真珠の産地として有名だ。

テルフォート帝国の帝都は音楽の都として有名で、多民族国家を理由に多種多様な音楽が街中でも流れているらしい。

メリッサが弾いているピアノ曲も8割が帝国出身音楽家の作品だ。

そのテルフォート帝国に接している辺境伯領の、その隣の領地ロートンなら、王都では手に入らない楽譜と出会えるかもしれない。


馬車で3日かけて着いたロートンは、残念ながらメリッサが期待していた帝都の影響は一切なかったが、かつてお札の絵柄になったこともあるほどに美しい湖、ロートン湖が領地の半分を占める、美しくて静かな田舎町だった。


「すごい、綺麗……。吸い込まれてしまいそう」

「ふふふ。初めてロートン湖を見たエリシャ様も同じことを仰《おっしゃ》ってました」

どこまでも透き通っている綺麗な青緑色の大きい湖に感動していると、後ろに控えている領主館の執事に笑われる。

母と同じと言われたメリッサは、知らず知らずににっこりと笑っていた。

笑ったのは久しぶりだ。

父から捨てられたと言っても相違ない都落ちを命令された時は、真っ暗な闇の中へ一人で放り出されたような気分だった。

でも、この雄大な自然と美しい湖を見ているだけで、息を潜《ひそ》めて過ごしていたあのジョンストン公爵家を出られてよかったのではないかと前向きに思えてくる。

さっそく執事に珍しい楽譜がないかと聞くと、隣の辺境伯領へ行けば見つかると思うと言われ、なぜかまた笑われてしまう。

会ったばかりだが、笑顔が多いこの執事を好きになれそうだとメリッサは安心した。

領主館は祖母よりも年上に見える老夫婦が家族で管理してくれていて、この執事のジョッシュがその老夫婦の夫だ。ジョッシュの息子が主体となり領地の管理を行っている。代々ロートンの管理を行っている家系らしい。

メリッサはロートン領主館の使用人たちに、妹と魔力の相性が悪いため領地で魔力操作を覚えるまで王都に帰れないのだと素直に伝えた。

その妹は最近養子縁組した従妹で、実子のメリッサが本邸から出されたのだと皆理解しても、メリッサを下に見る者は誰一人おらず、優しくメリッサを受け入れてくれた。


王都にいた時よりも親身に寄り添ってくれる侍女のローズもいたし、我慢せずにピアノを弾けるようになった。

そして、何より、ロートン領主館で働く従者見習いの少年との出会いがメリッサの傷ついた心を癒やしていった。


貴族の子女は13歳から3年間、王都にある貴族学園に通う。

13歳からの貴族学園は領地経営や外国語、地学、環境学など貴族として必要な知識を学ぶためにあり、貴族学園の卒業者のみ貴族籍に入籍し貴族として認められるのだ。それ以外は直接国王から叙爵される以外に貴族になる方法はない。

その後は16歳から3年間、魔力を持つ者は入学が義務になっている魔法学園に通う。

魔法学園では正しい魔力の使い方を学び、もしも卒業できずに退学する場合は魔力封じの腕輪をされてしまう。

メリッサはもうすぐ11歳になる。２年後から通う貴族学園で学ぶ内容は６歳からの王子妃教育ですでに終わってしまっていた。忘れないように復習はするつもりだが、そこまで時間は必要ない。魔力操作の訓練も父に領地行きを言われた次の日から取りかかっていたが、１日で使える魔力には限りがあるようで、朝食後に訓練を始めると昼ご飯の前には魔力が尽き訓練ができなくなる。

メリッサは、午前中は魔力操作の訓練、午後はピアノ、夕食後に勉強をしようとこれからの日課を決めた。６歳からは１日１時間しか弾けなかったピアノが、これからはたくさん弾けるのだと考えるだけで身震いするほどに嬉しい。

公爵家では消音魔道具を使っていたが、久しぶりにありのままで演奏するピアノ。まるで身体中の血が沸き立つようだった。

しばらく集中してピアノを弾いたメリッサは、一息ついて周りを見渡すと領主館の使用人たちに囲まれていた。

「今までこんな素晴らしいピアノを聞いてなかったんだって思うと悔しいです」

ローズのその一言を皮切りに、次々と言葉をかけられる。

「すごい！」「泣きそう」「こんなの初めて」「すごいピアニストがロートンに来てくれた！」

拙《つたな》いながらにメリッサのピアノを聞いた思いを必死に言葉を紡《つむ》いでくれる皆に、胸が熱くなり涙が目に溢れる。「ピアノはきっとメルを助けてくれる」かつてそう言ってくれた母の声が聞こえた気がした。

メリッサが王都に帰るために毎日頑張っている魔力操作の訓練は、ただただ魔力の溜めと放出とを反復し続ける単純作業。通常はこのような訓練をしなくても、魔法を使っていくうちにいつかは魔力を抑えることができるようになる。

それを早めるためだけのつまらない訓練なのだが、メリッサは元来真面目《まじめ》な性格で、幼少期からの王子妃教育により稽古事《けいこごと》に慣れていたために毎日続けることができている。

通常なら魔力が尽きるほどに集中力が持続する人などいないということにも、アメリアが自分にとって利益のない訓練をするわけがないことにも気付かず、メリッサは毎日必死に単純作業を繰り返していた。

二人共が魔力を抑えられるようにならないといけない、つまりメリッサだけではなくアメリアも魔力操作を覚えない限り、メリッサは王都に戻れないというのに。

「お嬢様、一つお願いがあるのですがいいですか？」

メリッサがロートンへ来てから数日たったある日、いつも優しい笑顔を湛《たた》えている執事のジョッシュが、一人の少年の手を引きメリッサに声をかけてきた。

「こちらは従者見習いのネイトです。ご覧の通り、ひどい火傷跡《やけど》があるのですが、お嬢様が毎日行なっている魔力操作の訓練として、ネイトに光魔法をかけていただけませんか？」

長い前髪で隠しているものの、それでも分かるほどに顔全体が真っ赤に爛れていて、よく見ると両手も見える範囲に真っ赤な火傷跡がある。

ジョッシュが握っているネイトの手の甲の火傷跡はまだ安定していないのか、水ぶくれも確認できてとても痛々しい。

「必要ない！」

当のネイトはそう言って、ジョッシュの手を振りほどこうと必死に足掻《あが》いている。

「態度が悪く申し訳ございません。これでもネイトはお嬢様と同い年の魔力持ちでして、５年後には一緒に魔法学園に通うことになります。きっとお嬢様の手助けにもなると思うのです」

顔全体が火傷で爛れてしまっている魔力持ちの少年。魔力持ちということはおそらく貴族の血が流れていると思われる。

厄介《やっかい》ごとの匂いしかしない。本来ならば断るべきなのだろう。

でもメリッサは、はじめてメリッサのピアノを聞いた後に感想を伝えてくれている使用人たちの隅で、こっそりと袖で長い前髪の下の涙を拭《ぬぐ》っていた彼のことを覚えていた。

「私の光魔法は簡単な傷を治す程度のものなの。だからきっとジョッシュが思っているような効果はないと思う。でも、その水ぶくれを治すことはできると思うし、私の魔法でどこまでできるかやってみたいわ」

メリッサは微笑みの老執事ジョッシュに答えた。

「えぇ、構いません。ネイト、これは仕事です。従者としてお嬢様の魔力操作の訓練の補助を命令します」

こうしてメリッサは魔力操作の訓練として、ネイトの火傷跡に光魔法をかけることになった。

3章　パトリック

「パトリック、これはいつも通りの処理で」

学園の授業が終わり馬車どめへ向かう道中、第一王子エルドレッド殿下は個人の紋章《もんしょう》が入った手紙を私に渡してきた。

〝いつも通り〟とは〝アメリアへ渡せ〟ということ。

アメリアからエルドレッド殿下への手紙を私が受け取ることはないが、時折殿下は王城の図書館で人気のない分野の本棚を探っていることを知っている。

取り出す本はいつも異なるが、2人の中で法則があるのだろう。殿下からの一方通行ではなくちゃんと文通しているのだと分かる。

殿下がわざわざ私を仲介しているのは、王族の紋章入りの手紙が万が一他人の手に渡ることを防ぐため、というのは表向きの理由で、殿下はきっとアメリアと私との関係を疑っているのだろう。

アメリアとエルドレッド殿下の隠れた繋《つな》がりに気付いている者は私以外にはいない。ジャクリーン嬢もクリストファー殿下も誰も知らない2人の秘密のやりとり。人に知られないようにするその行為が2人の関係を盛り上げているのだろうか……。

かつては皆が羨むほどにエルドレッド殿下と仲が良かったジャクリーン嬢だが、今の殿下が彼女を見る目は信じられないほどに冷ややかだ。

ジャクリーン嬢には兄であるハモンド公爵令息と男女の仲なのだという噂がある。

18歳の男性と12歳の少女が男女の仲だという噂は、私には無理があると思うのだが、養子のために兄のハモンド公爵令息とは不仲だったはずのジャクリーン嬢が、突如、この1年は仲の良い姿を度々目撃されていたことで、その噂が真実味を帯びてしまっている。

3年前に領地の火山が噴火したことで大きく財力を落としていたところへ、嫡男《ちゃくなん》と養子の醜《しゅう》聞《ぶん》がとどめになったハモンド公爵家。殿下からの寵愛もない今、ジャクリーン嬢が婚約者候補から降ろされるのは時間の問題だろう。

火山が噴火するまで豊富な財産のおかげで発言力を持っていたハモンド公爵は、ジャクリーン嬢をとりあえず第一王子エルドレッド殿下の婚約者候補とし、ジャクリーン嬢は王太子と婚約するという契約を結んだ。ほとんどの貴族は第一王子エルドレッド殿下と第二王子クリストファー殿下のどちらが王太子になってもいいようにした処置だと思っているが、実は違う。

陛下には寵愛していた側妃がいた。

その側妃は12年前、第三王子を出産した時に亡くなってしまった。側妃は王妃に殺されたのだと思い込んだ陛下が、その生まれた第三王子を王妃から隠してしまったことは高位貴族の間では公然の秘密となっている。

そのため、陛下の寵愛もある消えた第三王子が王太子になるのではないかとハモンド公爵は考えていたのだ。

エルドレッド殿下とクリストファー殿下、両殿下が長年の婚約者候補をすぐに切り捨てた様子を見ていた周囲は「臣下である自分たちのことも簡単に切り捨てるのでは」と危惧している。

第三王子の存在を知っている高位貴族の家ほど、密かに第一第二王子への支持を放棄し、第三王子について調べだしている。もちろん私も例外ではない。


エルドレッド殿下は私と同じ14歳で今は貴族学園の2年。

クリストファー殿下はエルドレッド殿下の2歳下で、新年度になる来月、貴族学園に入学してくる。そのクリストファー殿下と同い年らしい第三王子。

新入学生の名簿を元に調査しているが、第三王子の可能性がある令息はまだ見つからない。

「パトリック様、お久しぶりです」

ジョンストン公爵家へ帰宅すると、玄関ホールでジャクリーン嬢に会った。

胸ポケットに入っているエルドレッド殿下からアメリアへの手紙が気になってしまう。

「久しぶりです。ジャクリーン嬢は今お帰りですか？」

「はい。本日は長々とメルに相談してしまいました」

ジャクリーン嬢はエルドレッド殿下との関係や、ハモンド公爵令息との噂についてアメリアへ相談しに来たのだろう。

そんなジャクリーン嬢を笑顔で迎えているアメリアが、その裏でエルドレッド殿下と繋がっているとも知らずに。

私とジャクリーン嬢の会話が終わると、ジャクリーン嬢を追いかけてきたのであろうアメリアの従者が彼女に声をかけた。

「ハモンド様、こちらのハンカチをお忘れでした」

「まぁ、落としていたのかしら。どうもありがとう」

そう言ってハンカチを渡している従者。

よく見るとハンカチの間に何か紙が挟まっている。おそらく、ハモンド公爵家の侍女達に見つからないように、アメリアからジャクリーン嬢への言伝《ことづて》だろう。

ハモンド公爵令息との噂の元となったジャクリーン嬢の迂闊《うかつ》な動きは、どうせアメリアが誘導したのだろうと私は思っている。


ジャクリーン嬢を見送った後、私はアメリアの従者にエルドレッド殿下からアメリアへの手紙を渡した。

この従者はアメリアの本性を知っている方の使用人だから問題ない。

半年ほど前にアメリア自身がどこからか連れてきた少年で、それからはいつの間にかいなくなっていた元メリッサ付きの侍女と入れ替えたように、どこへ行くにも連れ回している。

長い前髪のせいで顔は分からないが、すっきりとした鼻と口元だけでも容姿が整っていることが分かる。

アメリアと同じ年だと聞いた時は、もしや第三王子ではないかと疑ったのだが、貴族学園には入学しないそうなので違うだろう。

貴族学園の卒業資格がない者は王位を継承できないため、陛下は必ず入学させるはずなのだ。

エルドレッド殿下からの手紙を持って去っていくアメリアの従者を見ながら、アメリアには罪悪感や良心の呵責《かしゃく》はないのだろうかなどとくだらないことを思ったが、2年前、メリッサが本邸を追い出されるまで、アメリアによってメリッサが苦しんでいるのを見て楽しんでいた私が言うことではないな。

本来ならメリッサも来月から私と同じ貴族学園へ入学していたはずだ。

第三王子を探るために確認した貴族学園の入学者名簿にはアメリアの名前はあったがメリッサの名前はなかった。

すぐに父上へ確認すると、アメリアがまだ魔力操作ができないため、メリッサは隣国のテルフォート帝国の貴族学園へ入学させるのだと言われた。

貴族学園へ入学するためにメリッサが王都へ戻ってくると思い込んでいた私は、暗い闇に引きずり込まれたような絶望で目の前が真っ暗になった。

メリッサが魔法学園に入学する3年後まで、あのピアノが聴けないのだ。

メリッサは覚えているのだろうか。メリッサが3歳でピアノに出会った時、5歳の私も一緒にピアノの虜になったことを。

ピアノを弾きだすと周りが見えなくなるメリッサは、私もピアノを弾いていたことに気付いてすらいなかったかもしれない。

ピアノを習いたいと頼んだ時、お母様の顔が強張《こわば》っていたことを覚えている。ジョンストン公爵家の嫡男である私がピアノを弾くことは許されないことをお母様は分かっていたのだ。

お母様はメリッサにつけたピアノの先生を、メリッサの後に私にも教えるように言ってくれた。私に専属の先生をつけなかったのは、今思えば父上の目をごまかすためだったのだろう。

それでも、お母様にしか興味のない父上の目をごまかすことは半年しか叶《かな》わなかった。

「公爵家の嫡男で第一王子の側近候補として決まっているお前にピアノを弾く時間などない。騎士にもなれない下位貴族の次男や三男がしかたなくピアニストを目指す以外に、男がピアノを弾く習慣は我が国にはない。ピアノなど気軽な女の趣味なのだ」

父上はそう言って私がピアノを弾くことを禁じた。

せめて勉強の合間の息抜きとしてでも続けさせてほしいと、父上が溺愛しているお母様が必死に頼んでも、中途半端に続ける方が酷だからなどと耳触りのいいことを言い、許してくれなかった。

私とメリッサは一緒にピアノを始めたはずなのに、私だけ、半年ほどでピアノを諦めることになった……。

それからはピアノへの未練も、父上への怒りも、自由にピアノを弾けるメリッサへの羨望や憎しみも隠し、公爵家の嫡男として課された教育をこなしてきた。

メリッサのピアノを聴きに行くたびに嫉妬《しっと》で心が滅茶苦茶になるのに、それでもメリッサが奏でる美しいピアノの音色を聴かずにはいられなかった。

「ごめんなさい。王子妃教育の合間もメルにピアノを続けさせてあげてほしいの。リックがピアノを取り上げられた時に助けられなかった私が頼むことじゃないと分かっているわ。メルのことは恨まないで。悪いのはメルじゃなくて私と旦那様だってリックは分かっているはずよ」

メリッサの王子妃教育が始まった時にお母様から言われたこの言葉で、私が必死に隠していた激情にお母様は気付いていたのだと知った。

王子妃教育が始まってもメリッサがピアノを取り上げられなかったのは、私の時と同じように、お母様が父上に哀願したからだ。

男女の差なのか、その時には父上もメリッサのピアノに魅せられていたおかげか、メリッサはピアノを取り上げられることはなかった。

メリッサは天才だ。

あの演奏を聞いたら誰だってそう思う。

でもあの幸せな半年間で習っていたピアノの先生は、私の方がメリッサよりも上手だと言ってくれていたのだ。

もしも私がピアノを許されていたとしたら、今のメリッサのように弾けたのだろうか。

それとも今と同じくメリッサの演奏に嫉妬していたのだろうか。

どちらにしろメリッサに嫉妬するならば、私はピアノを弾きたかった。


こんな私の心の内を唯一理解してくれていたお母様は亡くなってしまった。

私が隠していたメリッサへの複雑な愛憎をお母様以外に唯一見抜いたアメリアは、結局、お母様の代わりにも、メリッサの演奏の代わりにも、ましてやピアノの代わりにもならなかった。


メリッサのことは憎い。でもメリッサが奏でるピアノの音色は心から愛している。

アメリアがジョンストン公爵家へ来てから、もう3年もメリッサの演奏を聴いていない。

4章　Lawton

「顔と左手と右手、どこからがいい？」

「……」

「……じゃあ私が決めるね。右手の水ぶくれにしようか」

黙ったまま差し出されたネイトの右手に、メリッサは手を添えた。

「っ！　触るのか？」

ネイトはびっくりして右手を引っ込める。

直接触らなくても光魔法をかけることはできるが、触った方が格段に効果が高いのだが、予告なく手を添えたのは非常識だっただろうか。

「ふふふ。青いですねぇ。耳を真っ赤にしちゃって」

ジョッシュの言葉を聞き、黒くて長い髪の間からはみ出ているネイトの耳を見ると、火傷の跡はないはずの耳が先まで真っ赤になっている。

「照れてなんかない！　俺は貴族が嫌いなんだ！」

「はいはい」

怒鳴《どな》っていてもその場を離れないネイトと笑顔で受け流すジョッシュ。

「手を添えた方が効果が高いのだけど、ネイトが照れちゃうなら手は離すね」

「照れてなんかない！」

そう言ってネイトはもう一度右手を差し出す。

恐る恐るその手に触ると、振りほどかれることはなかったが、ネイトの耳は真っ赤なままだった。

そうして魔力が切れるまで魔力を溜めて光魔法をかけるという反復作業を続けたネイトの右手は、水ぶくれが小さくなっただけだった。

それでも何もしないよりマシなはずだと、メリッサは明日からも毎日頑張ろうと密かに決心していた。


「ジョッシュ、どうしてネイトが貴族が嫌いなのかは本人が言ってくれるのを待っていた方がいい？」

魔力操作の訓練という名のネイトの治療は終わり、昼食の前の空き時間にメリッサは気になっていたことをジョッシュへ聞いてみた。今この部屋にネイトはいない。

ジョンストン公爵家にいた頃のメリッサは、時間があればピアノを弾く時間に充てていたことで家族との交流が少なく、厳格な公爵家の使用人たちとは距離があったため、人と話すことが極端に少なかった。

いざ日常会話をするとなるとうまくしゃべれず、自分は内向的なのだと言って卑下していた。

このロートンへ来てからは時間に余裕ができ、使用人との距離も近くなり、自然と会話が増えて対人能力が上がっているが、メリッサはそんな自分の変化に気付いていない。

「実は私も詳しくは知らないのですよ。昨年、孤児院の定期監査の際に火傷で寝込むネイトを見かけましてね、院長に聞くとひどい火傷で意識のないまま孤児院の前に捨てられていたと言うんです。寝込んでいるネイトを看病しながらの孤児の世話は難しいと困っていたので、孤児院より大人の手がある領主館で引き取ったのです」

「ロートンの孤児院に捨てられたのは不幸中の幸いだと思う」

ほかの孤児院なら放置されてもおかしくない。

「動けるくらいに火傷が落ち着いてからは様子を見ながらここで働いてもらっていたのです。水仕事や庭師や馬丁《ばてい》は火傷に障りますので、ちょうどいいのが従者見習いだったんですが、あの言動から貴族と直接かかわる仕事は避けたいのでしょう。それでも世話になった分は働かないと思っているんでしょうね」

従者見習いなのに「貴族が嫌い」と言うのは変だなと思ってたが、あんなに広い範囲の火傷が安定するまでの間を無償で看病してくれた人に命じられたら断れないだろう。

「ネイトは魔力持ちでもあります。きっと貴族の庶子《しょし》なのでしょうね。それとなく聞いても教えてくれないんです。まぁ12歳なんて思春期の入り口ですから、複雑な事情がなくてもあの年頃はあんなものですよ。変に気を遣って聞き分けがいいより気を許してくれている証拠です」

そう言っていつものように優しく微笑んでいるジョッシュ。

こんなジョッシュだからこそネイトは無自覚に甘えて反抗的な態度をとれているのだろうなと、メリッサは少し羨ましくなった。

かつてロートンを訪れた王様がその綺麗さに感動して、お札の絵柄にまでしたというロートン湖。

「綺麗な湖畔《こはん》に住むと心まで綺麗になるのね」

「もしかして、私を褒めてくださっていますか？　ふふふ、ありがとうございます。……でも、このロートンでも犯罪は起こります。狡い者や残酷な者だっていますし、そういう輩《やから》ほど魅力的な善人を装うのが上手いのですよ」

思わず漏らしてしまったメリッサの言葉に、ジョッシュは笑いながら誡《いまし》める。

つい最近、天使の皮を被《かぶ》った悪魔に惨敗して都落ちまでしていたメリッサには耳が痛い忠告だった。

それからは、午前はネイトの火傷跡の治療、午後はピアノ、夕食後に勉強を繰り返す日々。

ネイトはメリッサ付きの従者見習いとなり、治療以外の時も一緒に過ごすようになっていった。

光魔法をかけ続けているネイトの火傷跡は端から消えていき、段々と小さくなることが分かった。

1日では分からず、数日経ってやっと分かるくらい微々たる変化だったが、時間をかければ火傷跡が消えると分かると、ますますメリッサのやる気に火がつく。

ネイトはメリッサ付きとなっても相変わらず黙りだったが、メリッサは日に日に饒舌《じょうぜつ》になっていく。

特に火傷跡に光魔法をかけている間は返事をしないネイトに向かって今取り組んでいる曲の

難しいところ、好きな曲、今より手が大きくなったら弾きたい曲など、ネイトからの反応もないのにピアノについて延々としゃべっていた。

「ピアノの話しかしないのか」

ロートンに来てから2カ月経ち、ネイトの右手の平の火傷跡が消え、左手の平の治療に移った頃、一方的にピアノの話しかしないメリッサに呆《あき》れたのか、ついにネイトがメリッサへ話しかけてきた。

「ネイト！　お嬢様にはちゃんと敬語を使いなさい」

ローズに怒られ、ネイトは顔をしかめている。

傷跡で引き攣《つ》っている口元しか見えないが、最近のメリッサはその表情の変化も分かるようになってきた。

「ピアノの話以外はないんですか？」

「お嬢様の話の内容に物言いするなんて失礼ですよ！」

なおもネイトに注意するローズだったが雰囲気は優しい。

メリッサより10歳年上のローズはここロートン領に来てから日に日に明るくなっている。規律や序列が厳しいジョンストン公爵家本邸より、寛容なロートン領主館の方がローズには合っていたのだろう。

明るく楽しそうなローズの様子がメリッサは嬉しかったが、実はローズの方こそ日に日に明るくなっていくメリッサを見て喜んでいた。

「ピアノ以外って言われても分からないわ。ネイトはどんな話をしてほしい？」

「……」

ネイトはなぜか耳の先まで赤くし黙り込んでしまったが、しばらくして口を開いた。

「あの曲の名前が知りたい」

「あの曲？」

「フーフフフーン♪フフフフーン♪ってやつ」

耳を赤くしたのは鼻歌を歌うのが恥ずかしかったせいだと分かり、メリッサは思わず笑ってしまう。

なんかかわいい。

メリッサはその時初めてネイトのことを異性として意識した。

「〝別れの時〟ね。古い曲で、作者不明な上にタイトルの由来も分かってないの」

ピアノ以外と言っておきながらピアノの曲名を聞いてるよ、と言いかけて止める。

この曲はロートンに来たばかりの時、ネイトがメリッサのピアノを聴いてこっそり涙を拭っていた時に弾いていた曲だと思い出したからだ。

「母さんがよく口ずさんでたんだ……」

「私のお母様も〝別れの時〟が好きだったよ。お揃いだね」

午後のピアノの時間、メリッサは母への思いを込めて〝別れの時〟を弾いた。


その日からメリッサとネイトは少しずつ話をするようになった。

湖で赤い魚を見たこと、森に猪が出たという噂、ジョッシュの奥さんから聞いたジョッシュの若い時の武勇伝、使用人から聞いた執事夫婦の馴《な》れ初《そ》め、ローズがロートンの男性からモテていること。


2人とも、示し合わせたようにロートンに来る前のことは一切話題に出さなかった。

メリッサは暗くなることをわざわざ話したくないと思い意図的に避けていたのだが、そのうち自然と母以外の家族のことは思い出すこともなくなり、意識しないでも楽しいことしか話さなくなった。

ネイトの火傷跡へ光魔法をかけながらネイトと話す時間は、メリッサにとってピアノの時間と同じくらいかけ替えのないものになっていった。

それから左手の平、右手の甲、左手の甲と徐々にネイトの火傷跡は消えていった。両手の火傷跡が全部消え、ローズの教育によってネイトが敬語を覚えて従者見習いから従者になった頃、メリッサは完璧な魔力操作を覚えて自然と漏れ出る魔力を抑えることができるようになった。ロートンに来てから8カ月経ち、季節は秋の終わりになっていた。

「これ」

夕食の後に部屋で休んでいたメリッサは、ネイトからロートン湖のような綺麗な青緑色のリボンが結ばれた袋を受け取った。

敬語を覚えたはずなのに2人きりの時は雑な言葉に戻るネイトを、メリッサはローズに隠れて許している。

「うわぁ、可愛い！　食べるのがもったいないんだけど、いつまで置いといて大丈夫？」

袋の中にはチョコで鍵盤が描かれたピアノの形のクッキーが入っている。

「ほしくなったらまた作るから。すぐに食べて」

「えっ？　これネイトが作ったの？」

耳を赤くし、右手の甲で口を隠しているネイト。顔は見えなくてもネイトが照れているのだと分かる。

「前は近所のケーキ屋の手伝いをしてたんだ。クッキーしか作らせてもらえなかったけど、味は保証する」

ネイトの照れにつられたのか、恥ずかしくなってネイトから目を逸らし手元のクッキーを見たメリッサは、１枚だけ鍵盤じゃなくて〝ありがとう〟と書いてあるクッキーを見つけた。ネイトはこれを渡すのが恥ずかしくて照れていたのだ。


わざとそのクッキーがネイトにも見えるように取り出し、食べてみる。

「今まで食べた中で一番美味《おい》しい……。公爵家で出されていたクッキーより美味しい！」

ネイトの口角が上がっている。

「手は治ったし、これからは料理人に変えてもらう？　デザートもあるからケーキも習えると思うよ」

「メリッサの従者のままでいい。……従者がいい」

メリッサは、心の中に炎がぽっと現れたような温かさを感じた。明日からは顔の治療になるけれど、耳と頬を赤くせずにネイトの顔に手を添えられるか不安になる。

「王都に帰るのか？」

そういえば、王都に帰るために魔力操作をしていたのだと、ネイトのその一言で思い出した。魔力操作の訓練のためにネイトの治療をしていたはずなのに、メリッサは本来の目的をすっかり忘れてしまっていた。

あのジョンストン公爵家へ帰る必要はあるのだろうか？

王都にいた頃のメリッサは家族の愛情を取り戻すにはどうしたらいいかと足掻き、八方塞がりな状態に絶望していたが、そもそも、取り戻そうとしていた家族の愛情などメリッサが見ていた幻影だったのだ。

ネイト、ローズ、執事夫妻にその息子たちなど、ロートンの使用人たちとは、庭の花が咲いているのを見つけたら教え合って、激しい雷で不安になる時は自然と一部屋に集まり、美しい湖を共に眺《なが》め、ロートン領の噂や怪談などで盛り上がる。

ロートンへ来てからメリッサは愛されることを知ったが、同時に愛するということも知った。そして、誰かから愛されるには、自分も愛することが必要だったのだと悟った。

ジョンストン公爵家にいた頃は、最初から最後まで、メリッサはずっと受け身だったのだ。母からの無償の愛を当然のものとし、他の家族からも母と同じように愛がほしいと嘆いていただけの自分。自分はその家族のために心を砕いていたのかと問われると、何も答えられない。

クリストファーのことだって、上位貴族の義務として婚約者候補を受け入れて出された課題をこなしていただけで、クリストファーと向き合うことすらしていなかった。

家族の中で孤立している状態を打破するには、アメリアと戦うしか道はないと分かっていたのに、何もせず諦めて敵前逃亡していた。つまり自分にとって家族の愛情はアメリアと戦ってでも手に入れたいほどのものではなかったということ。

メリッサはもう父と兄と祖母のことは愛したいと思えない。アメリアが来る前だったら、愛してもらうために愛する努力をしたかもしれないが、メリッサが会話に入っていないことにも気付かない、母の形見を渡してくれない、魔力の暴発で倒れても駆けつけてくれない、家から追い出した人たちを、それでもなお愛することができる人がいるだろうか。

「私、テルフォート帝国に行ってピアニストになりたい」

ジョンストン公爵令嬢の立場は、ジョンストン公爵家に生まれたからと、そのように振る舞っていただけで、望んで手に入れたものではない。今まで育ててくれた恩はある。それは家族に対する恩ではなく、税を納めてくれた民への恩だ。

でも、その恩を返すための立場をメリッサから奪ったのは父だ。クリストファー殿下の婚約者候補を降ろされたことは、メリッサに原因があったことになっているはずだ。ロートンにいるメリッサにはそれを挽回《ばんかい》する手立てはないし、父たちがメリッサの名誉回復をしてくれているとは思えない。

ピアニストになって、民への感謝を返していこう。

貴族学園も魔法学園も教育内容についての条約に加盟している国であれば、自国の学園を卒業しなくても卒業資格が得られる。魔力持ちを他国に流したくないために積極的に周知されていないのだが、王子妃教育で習ったメリッサは知っていた。

テルフォート帝国でピアニストになるにはどうしたらいいか考えようと、メリッサは決意した。

「メリッサは絶対、聴いたみんなを虜にするすごいピアニストになれるよ。……でも、なんでテルフォート帝国なんだ？」

テルフォート帝国の帝都は音楽の都と呼ばれているほど、たくさんの音楽で溢れている。我が国でさえいるピアニストが帝都が音楽の都と呼ばれている帝国にいないわけがない。

それに、我が国のピアニストは継ぐ爵位がない貴族令息や、持参金を用意できない貴族令嬢や裕福な平民がなるものという考えがある。音楽家ではなく使用人という認識だ。ジョンストン公爵令嬢が他家の使用人と同等になることを父が許すはずがない。

第二王子の婚約者候補から降ろされ領地に追いやられた瑕疵《かし》がある令嬢。それでも、父はメリッサをピアニストにするくらいなら無理やりでもどこかの家に嫁がせるに決まっている。嫁いだ家がピアノを弾き続けることを許してくれる、そんな少ない可能性にかけるくらいなら、ジョンストン公爵家を出てしまった方がよい。

我が国のピアニストは、演奏会よりも夜会や舞踏会の演奏やピアノ講師の仕事が多く、貴族社交界との縁は切れない。

ジョンストン公爵家を出た上でピアニストになるならば国外に出るしかない。

長々とした説明になっても、顔は見えないが、ネイトが真剣に聞いて考えてくれていると分かる。

〝第二王子の婚約者候補を降ろされた〟と言った時はびっくりしていたが、そういえばネイトとはお互いロートンに来る前の話をしたことがなかったのだと思い出す。

「この国のピアニストのことは大体分かったけど、帝国のピアニストのことは知っているのか？」

「ううん。今まで帝国でピアニストになるなんて考えたこともなかったから、全く分からない」

「帝国でピアニストになるのに貴族籍が必要かもしれない。公爵家を出るとか決めるのはちゃんと情報を集めてからにしよう」

さすがに、帝国でピアニストになるためにどうしたらいいかまでは王子妃教育では習わなかった。

ネイトが言うようにまずは情報が必要だ。図書館へ行って本を探せばローズには必ずバレる。誰かに話を聞きに行くにはジョッシュに外出先を教えないといけない。

「ローズとジョッシュに相談しても大丈夫だと思う？」

祖母へアメリアのことを相談したせいで、後に父と兄から尋問された苦い記憶がメリッサの脳裏をよぎる。


メリッサはこのロートンに到着してすぐ、父と兄と祖母へ手紙を書いた。

ロートン湖の素晴らしさを綴《つづ》ったその手紙に返事はなく、それ以来3人とは没交渉だ。

メリッサ自身からの手紙が必要ないならば、この領主館から定期的にメリッサについての報告をしているはず。おそらくその報告はジョッシュの仕事。そしてローズもジョッシュも雇い主はメリッサではなくジョンストン公爵である父なのだ。

計画も立てていない段階で、ジョンストン公爵家を出てテルフォート帝国でピアニストになりたいことを父に知られるわけにはいかない。

父との繋がりがある2人に相談しても大丈夫だろうかと、怯《おび》えで瞳を揺らすメリッサがネイトを見ると、口角が上がっている。笑っているのだ。

「俺には言えてジョッシュさんには言えないなんて変なやつ。ジョッシュさんに限ってありえないけど、でも、もしも裏切られたら裏切られた時に考えればいいよ。その時は俺も一緒に考えるし」

そっか。信じて裏切られたら裏切られた時に考えればいいのか。

アメリアみたいな策略ができない私には、こういう考えの方が楽に生きられる気がする。

それにネイトが一緒にいるなら、他の誰に裏切られても大丈夫な気がするから不思議だ。

「俺たちで隠れてコソコソ調べるより、２人の力を借りて、２人には迷惑がかからないやり方でメリッサの夢を叶える方法を考えようよ。俺たちは子供なんだから大人の力を借りたらいいんだ」

今はもう夜。２人に話すのは明日、ネイトの火傷跡の治療の時にしようと決め、ネイトとメリッサは２人でクッキーを食べた。

素朴なクッキーだけど今まで食べた食べ物の中で一番美味しいとメリッサは心から思った。


ネイトが退出しようと、クッキーの入っていた袋とリボンを片付けようとしていたので、メリッサは慌てて取り上げた。

「おいっ、ゴミは捨てとくから」

「ゴミじゃないよ。綺麗なリボンだから気に入ったの」

「湖と同じ色だからってお土産屋で売ってた安物だぞ。公爵令嬢が持つようなリボンじゃない」

「公爵令嬢はやめるんだからいいの！」

ネイトが部屋を出ていった後、メリッサはその青緑色のリボンを丁寧《ていねい》に畳《たた》み宝箱にしまった。寝る前にもう一度リボンを見ようとベッドの上で宝箱を開けると、先ほどネイトと分け合って食べたクッキーの甘い香りがした。

◇◆◇◆◇

翌日、ネイトの治療前、メリッサはジョッシュとローズに「テルフォート帝国のピアニストになるにはどうしたらいいか知ってる？」と聞いてみた。

治療前に言ったのは、ネイトの顔に手を添えることに緊張していたメリッサが、治療までの時間をなるべく引き延ばすためだ。

「私は帝国についてそこまで詳しくは知らないのですが、どんな人でも実力さえあれば宮廷音楽家になれるらしいとは聞いたことがあります。それと、帝国の宮廷音楽家は皇帝の所有物で、殺されると殺人罪ではなく器物破損罪になるそうです。と言っても皇帝の持ち物を壊すことになるので、殺人罪と同じくらいの罪の重さらしいですがね」

ジョッシュは目を見開き驚いたあと、微妙にズレた知識を披露してくれた。

ニコニコしながら殺人について忠告されたが、加害者と被害者どっち目線なのかしばし悩んだメリッサは、今そこは関係ないと思い直す。

どんな人でもなれるということは外国人でも平民でもよいのだろうか。

そして、皇帝の所有物にはどの程度の自由があるのだろうか。


「お嬢様！　部屋に物を取りに行くので少し退出しますが、よろしいですか？」

そわそわし出したローズに退出を許可すると、小走りで廊下を去っていくローズの足音が聞こえ、しばらくして、ローズは茶色い髪を揺らして息を切らしながら戻ってきた。

その手には分厚い平袋を抱えている。

「こちらは知り合いに頼んでリーブスで購入してもらった楽譜です。お嬢様が魔力を完璧に抑えることができるようになったお祝いにと用意していたのですが、昨晩はネイトに譲ったので今晩お渡ししようと思っていたのです」

リーブスというのはテルフォート帝国と接しているロートンの隣の辺境伯領。

メリッサは王都からロートンに来る馬車の中で帝国の楽譜の話をしていた。ローズはそれを覚えていて手に入れてくれたのだろう。

「何冊ですか？　ローズさんに頼まれてリーブスまで行く男はたくさんいそうですからねぇ」

「8冊です！　一人で2冊買ってきてくれた人もいるんです」

ローズはここロートンでは引く手数多《あまた》なのだ。ジョッシュの問いかけに明るく返事するローズだが、結局何人の人が買いに行ってくれたのだろうか。

「7冊は楽譜なのですが、1冊は作曲家やピアニストを紹介する本だったんです。私はパラパラと眺めただけなので内容は分かってないのですが、少しは有益な情報があるといいのですが……」

そう言って本の入った平袋を渡してくれたローズ。

「ローズ、ありがとう」

脳震盪を起こしても家族が見舞いに来ない中で頭を撫でてくれて、王都から馬車で3日もかかるロートンまで一緒に来てくれた。私がジョンストン公爵家を出る時は、絶対にローズが咎《とが》められないようにしないといけない。

メリッサは目の裏がじんわりと熱くなるのを感じながら、心の中で堅く決意した。

4人でローズが持ってきた『近代テルフォート宮廷音楽家』という本を開く。

「宮廷音楽家とは、皇帝の楽しみやさまざまな宴席のためにテルフォート宮殿に仕える、音楽家の最高位である」

ジョッシュが扉に印刷されている一文を読み上げた。

パラパラと頁《ぺーじ》を捲《めく》っても宮廷音楽家についてはそんな簡単な説明しか見当たらない。宮廷音楽家たちを1人1頁で紹介している本で、ピアニストだけでなく、作曲家、指揮者、バイオリニスト、トランペッターなどさまざまな職種があり、中には聞いたこともない楽器の演者までいる。家名の記載がなかったり、名前の響きが明らかに帝国以外の出身だと分かる人物もいる。

「この〝テルフォート国際音楽コンクール〟が怪しいですね」

人物紹介は簡単な経歴も記されていて、ジョッシュのこの一言で、全員「第○回テルフォート国際音楽コンクールでアポロン賞受賞」という記載があることに気付く。

皆必ずこのアポロン賞を受賞しているようだ。

〝アポロン〟とは帝国外でも有名な、音楽の父と言われているテルフォート帝国出身の偉大な作曲家の名前だ。

ジョッシュとローズのこの肯定的な反応に安心したメリッサは思い切って2人に告げてみる。

「私、ジョンストン公爵家を出てテルフォート帝国のピアニストになりたいの」

どうして我がウェインライト王国のピアニストではなく隣のテルフォート帝国のピアニストなのかの理由も昨晩ネイトに説明したように2人に伝えた。

ジョッシュとローズは真剣な目でメリッサの話を聞いてくれている。


「ジョッシュさん、私、ジョンストン公爵家の侍女を辞めようと思います。紹介状なしでもこのロートン領主館の使用人として雇ってもらえませんか？」

私の説明を聞くなり、ローズがジョッシュに声をかけた。

このロートン領主館はジョンストン公爵家の領地だが、ジョンストン公爵家と直接契約しているのはジョッシュとその息子だけで、他の使用人はジョッシュが雇用主なのだ。

「その判断はまだ早いですよ。でも、それが必要になったらもちろん雇わせていただきます。最悪は結婚して家名を変えて雇えばバレないでしょう。ローズさんなら3日もあれば家名を変えられますね」

公爵家の侍女と田舎町の領主館の使用人とでは給料の面でも、世間体の面でも、比べ物にならないほど違うのだが、ローズはそれでいいのだろうか。

「もちろんです。今の私はジョンストン公爵に何か問われたら答えないわけにはいかない立場です。私はお嬢様がピアニストになるためなら公爵家を辞めても構わないというのを知ってほしかったのです。

……それに、お嬢様が憂《うれ》いなく過ごせると安心できたら、公爵家を辞めてこのロートンで永住しようかと以前から考えてました。お嬢様から必要ないと言われるまではどこまでもついていくつもりでしたが、最後にはこの美しい湖畔に戻りたいと思っていたのです」


王都のジョンストン公爵家にいる時からローズはメリッサが聞いたことはたとえメリッサが傷つくことでも変に隠すことなく答えてくれていた。

ロートンへ来てからローズとの会話が増え、ローズの優しさを知り、あれは職務を全うしていたからで、メリッサが問いかけなければ悲しい事実は言わなかったのだろうなと気付いた。

そんな真面目なローズだからこそ、メリッサの出奔《しゅっぽん》を手伝うならジョンストン公爵家を辞めようと考えるのだろう。

ローズの真剣な言葉に、メリッサは昨晩少しでもローズのことを疑ってしまった自分が恥ずかしくなった。

「お嬢様、ネイト、ローズさん、このことは私たち4人の秘密です。絶対に他の使用人にも誰にも知られてはいけません。これは他の使用人を疑っているからではなく、使用人たちに罪を負わせないためです。誰かの手を借りないといけない時は必ずこの4人で相談してからにしましょう。まぁ、秘密というのは必死に隠してても思わぬところから漏れ出るものなので、気負わずに気楽にいきましょう」

こうしてジョッシュとローズはメリッサがテルフォート帝国のピアニストになることを手助けをしてくれることになった。

ジョッシュの言葉の後、ずっと黙っていたネイトが口を開いた。

「俺の叔母はリーブスの辺境伯家で働いてます。もう6年会ってませんが、母の手紙で俺がケーキ屋を手伝っているのを聞いた叔母がテルフォート帝国のお菓子の本を送ってくれたことがあります。もしかしたら、帝国の宮廷音楽家になるための情報を聞けるかもしれません」

今までロートンに来るまでの自分の過去について頑《かたく》なに明かさなかったネイト。そんなネイトがメリッサのために隠していた過去をあっさりと話した。

ジョッシュとローズはネイトのメリッサへの気持ちを察したが何も言わず見守る。

「では、ネイトは叔母さんへ手紙をお願いします。そうですね、とってもピアノが上手なネイトの大切なお友達が帝国で宮廷音楽家になりたいと言っているという内容でいきましょう」

ジョッシュのその言葉にネイトが口元を歪《ゆが》めている。ネイトは不安に思っているのだとメリッサには分かった。

「叔母は母の妹なんですが、1年半前に母が亡くなったことを伝えていないんです。しかも行方をくらましていた俺に、素直に協力してもらえるかは分かりません。……唯一の家族の母を火事で亡くし、子供一人では家賃を払えなくなるからと大家に家を追い出されたので、働いていたケーキ屋の主人に迷惑をかけるよりはリーブスにいる叔母の元に行こうと思ったんです。リーブスを目指した旅の途中で治療してない火傷のせいで倒れてしまったら、目を覚ますとロートンの孤児院にいました。

それからは、叔母に母のことをどう説明したらいいか整理もついてないし、火傷でペンも握れないしと後回しにしてました。時間が空いてしまうと益々どう言っていいか分からなくなって、ペンが握れるようになっても叔母に連絡することができなくて、そのまま今日まで甘えてしまってました」

「そのことをそのまま書いたらいいんです。きっと叔母さんはネイトのお母さんからの手紙が届かなくなったことを心配しているはずですよ。ネイトのお母さんだって叔母さんが弔《とむら》ってくれるのを待ってるはず。……ほらっ！　子供は余計なことを考えない！　もしも叔母さんからひどいことを言われたら私がヨシヨシしてあげますから」

「っいらない！」

母を亡くしひどい火傷を負った子供がたった一人で住んでいた家を追い出されるなんて、どんなに不安だったのだろう。

メリッサは父に捨てられたのだと嘆いていたが、なに不自由なくローズと一緒に馬車でこのロートンまで来た。自分の不幸など、ネイトに比べたら不幸のうちに入らないのではないかとさえ思える。

母親について叔母に言い辛い事情があるようだが、これまで通りネイトが話してくれるのをメリッサは待つことにする。メリッサへ言う必要がないのならそのままでも構わない。

「とりあえず、ネイトはすぐに叔母さんへ手紙を書く。そして私はお嬢様が魔力操作を完璧に覚えて魔力が漏れ出なくなったことをジョンストン公爵家へ報告するのはしばらく延期します。どうなるか分かりませんからね」

「そのことなんですが、お嬢様が気付いていないので悲しませたくなくて言わなかったのですが、魔力が漏れ出なくなったと報告されてもお嬢様が王都に呼び戻されることはないと思います。お嬢様が王都に戻ってくるために、あのアメリア様が魔力操作の訓練をするとは思えません。……完璧な魔力操作ができないと魔法学園を卒業できないので大半の生徒が卒業間近に焦って訓練します。私の学生時代も高位貴族で魔力量が多い方ほど苦労されてましたので、将来的に無駄にならないことだからとお嬢様には黙っていました。……申し訳ございません」

メリッサだけが魔力操作が完璧になっても意味がないのだと気付いていなかった自分に呆れる。

こんなことだから簡単にアメリアに陥れられたのだろう。

つくづく自分は貴族に向いていないのだと思ったが、公爵家にいた頃と違い落ち込むことはない。欠点だからといって必要以上に悲観する必要はないのだ。

「そっか……そうだよね。気付かなくて、ローズに気を遣わせてごめんね」

「いえっ！　黙っていた私が悪いのです！　それと、もう一つ懸念事項があります。お嬢様の髪の根元、新しく生えている部分が金色に変わってきています。私の知っている髪色が変わった人は貴族学園の入学と卒業ですっかり髪色が違いましたので、それを考えるとお嬢様は13歳になって貴族学園へ入学する頃には金髪に変わっていると思われます。ジョンストン公爵が金髪のお嬢様を見たら、絶対にお嬢様の出奔は許さないはずです」

稀に成長すると髪色が変わる人がいることは知識として知っていたが、自分がそうなるとは思っていなかった。

メリッサが鏡で見る分には根元が金色になっているなど分からないが、侍女としてメリッサの身支度をしているローズだからこそ早くに気付けたのだろう。

「ロートン湖に素足を浸けるほど天真爛漫なエリシャ様とは雰囲気が違うので一見分かりづらいですが、よく見るとエリシャ様とメリッサお嬢様は目や鼻の形がそっくりだと分かります。きっと数年もしたらエリシャ様に似た素敵な淑女になりますよ。……エリシャ様のあの周りを照らすような明るさには鮮やかな赤い目が似合っていましたが、穏やかなロートン湖の波のような静かで優しい雰囲気のお嬢様にはその澄んだ青い目がぴったりだと私は思います」

人の良い笑顔で恥ずかしげもなく褒めるジョッシュ。若い頃は相当モテたのだろうなとメリッサだけでなくローズやネイトまで思った。

「ジョンストン公爵はエリシャ様しか見ていません。エリシャ様にだけ執着して、他の人のことはお子様方のことでさえ関心が薄い方です。

アメリア様は確かにエリシャ様と髪色と瞳の色が同じですが、顔の造形は全く違います。それでもジョンストン公爵がアメリア様をエリシャ様の代わりにして執着してしまうのは、ここぞという時の言葉の選び方、立ち居振る舞いなど、言語化が難しいのですが、表面的な雰囲気といいますか、空気感が似ているんです。

私には、アメリア様はジョンストン公爵や大奥様、パトリック様それぞれが切望しているエリシャ様像を理解して演じてあげているように感じるんです。それは、あのお茶会で私がアメリア様の悪意に気付くまで分からなかったくらい巧みです。

今のジョンストン公爵はエリシャ様の代わりとしてアメリア様に執着していますが、もしもアメリア様が公爵の後ろ盾が必要ないくらい力をつけ、その執着を鬱陶《うっとう》しく感じるようになったら、きっと演技をやめてエリシャ様そっくりに育ったお嬢様を公爵に差し出すと思うのです」

ローズは父のこともアメリアのこともよく見ていたのだなとメリッサは感心する。

あの時祖母ではなくローズへ相談していたら何か違ったのだろうかと思ったが、ロートンとは真逆の寒々とした公爵家の空気に押しつぶされていたローズとメリッサの2人では、今と変わらずアメリアを恐れて敵前逃亡していた姿しか思い浮かばなかった。

「ジョンストン公爵からの愛を求めていたお嬢様ならそれで良かったのですが、公爵家を出てテルフォート帝国でピアニストになるのならば、アメリア様にもジョンストン公爵にもお嬢様の髪色がエリシャ様と同じ金髪に変わったことを知られてはいけません」

ローズの鬼気迫る忠告。

メリッサは足元から冷たい蛇が這《は》って上がってくるような悪寒《おかん》がし、思わず震えてしまった。

◇◆◇◆◇

それからしばらくはいつも通りの日々。もう魔力操作の訓練は必要ないが、午前中は魔力が切れるまでネイトの顔へ光魔法をかけ続けた。

ネイトの顔に手を添えての光魔法の時は緊張してしまい、いつまでも慣れることはない。

もう9カ月も毎日光魔法をかけ続けているにもかかわらず、効果の範囲が変わらない光魔法の才能のなさに呆れ、ピアノさえ弾ければよいと思っているのが神様にバレているのだろうなとメリッサは思わず笑ってしまう。

冬に入り、ピアノを弾く前にかじかむ手を温める魔道具を用意してもらった頃には、ネイトの口が引き攣ることがなくなり、整った口元が露わになった。

鼻筋もスッキリしているし、まだ前髪の下を見たことがないがかなりの美形な予感がして、メリッサは思わずローズへ同意を求めた。

ネイトの叔母は目も覚めるような美人だったので、ネイトも美形の可能性は高いとローズは言う。

ローズとネイトの叔母は学園時代の先輩後輩で仲も良かったらしく、ネイトに叔母の名前を聞いた時はびっくりしたそうだ。

口元の引き攣りがなくなってしばらくした頃、ネイトはメリッサへ、もう魔力操作の訓練の必要はないのだから火傷跡の治療は止めて午前中もピアノを弾けばいいと言ってきた。

「俺はもうここで治療を止めてもいいと思ってる。でも、メリッサが火傷跡を気持ち悪いと思うならメリッサが満足するところまで治療してほしい」

ネイトが美形かもしれないのというのは関係ない。

かっこよくても、かっこよくなくても、ネイトのことなら何でも知りたい。ただ、どんな顔なのか見てみたい。

メリッサはそう思ったのだが、恥ずかしいのでネイトには言えない。

「気持ち悪いなんて思わない。でも、痛々しくて心配になるから光魔法は続けたい」

そう言ってメリッサは治療の手を止めなかった。

1年で一番寒い冬の頃、ネイトはあれから手紙のやりとりをしていた叔母へ会いに、隣のリーブス辺境伯領へ行った。

その日は兄の13歳の誕生日だった。

兄からの誕生パーティーへの招待などもちろんなく、メリッサからも手紙やプレゼントは贈らなかった。

そもそも、兄への誕生日プレゼントは毎年兄がリクエストした曲の演奏だ。

去年の誕生日も弾いていないし、今年もない。毎年、メリッサの手の大きさでは難しい曲ばかりリクエストされ、それを頑張って練習するのが冬の楽しみだった。

もうメリッサが兄の誕生日にピアノ演奏を贈ることはないのだろう……。


去年の兄の誕生日パーティーの次の日、アメリアを虐げていると疑われ家族の輪から外されるきっかけとなった父の執務室での会話を思い出したが、あの時に感じた突き刺さるような胸の痛みはもうない。

今年は父の誕生日も祖母の誕生日も何もしていない。

春まではあんなにも彼らからの愛を求めていたというのに、あっけなく何とも思わなくなった自分が薄情だとは思わない。

だって今のメリッサには他に愛したい人たち、愛してくれる人たちがいるのだ。

母の命日だけは、湖畔に咲いていた青い花で作った押し花をお墓に供えて欲しいと手紙を添えて家令に送った。


リーブスへ行ったネイトは、たった3日でテルフォート国際音楽コンクールの願書をお土産に帰ってきた。

ネイトの叔母はネイトを責めることなく温かく迎えてくれたらしい。今はリーブス辺境伯家の使用人独身寮に住んでいるため、ネイトと話し合い、このままそれぞれロートンとリーブスで暮らすことにしたそうだ。

ネイトがリーブスから帰ってきた次の日、3日ぶりの治療の時間、ジョッシュとローズも呼んで4人で願書の要項と、帝国の音楽家について書かれた本を読み込む。

この数カ月、ロートンの本屋や図書館でも調べて少しずつ知識は手に入れていたが、ネイトがもらってきた願書と帝国の本によりさまざまなことが分かった。

「お嬢様、第二王子殿下や王妃様とは仲がよろしかったのですか?」

「クリストファー殿下とは話をしたことすらなかったの。王妃様も他の王族の方にもサインしてもらうなんて無理だわ」

ジョッシュがこう聞いてきたのは、テルフォート国際音楽コンクールは15歳以上であれば国籍・身分・前科を問わず誰でも応募できるのだが、貴族と貴族の子供だけは、その家の当主、もしくは自国の王族のサインが必要だったからだ。

1年に1度あるテルフォート国際音楽コンクールで最高位のアポロン賞を受賞すると、自動的に帝国の宮廷音楽家となる。

もちろんその門は狭い。倍率や応募数は分からなかったが、最終的に5次審査まであり、アポロン賞該当者なしの年もあるようだ。


以前ジョッシュが言ったように、宮廷音楽家は皇帝の所有物なのだ。

貴族は貴族ではなくなり、外国人はテルフォート帝国人になる。

宮廷音楽家は貴族ではないが帝国の伯爵位と同等の身分で、皇帝の許可なく宮廷音楽家へ誰も何事も強制できない。怪我《けが》はもちろん、無理やり演奏をさせたり、行動を制限したり、婚姻を迫ったりすると帝国法で罰せられる。


かつて他国の高位貴族令嬢が勝手にコンクールを受け宮廷音楽家となった。

その令嬢を自国へ連れ戻そうとした親とテルフォート帝国とで諍《いさか》いが起き国際問題になったため、貴族と貴族の子供がコンクールへ応募するには、その家の当主、もしくは自国の王族が各要項に了承して応募している旨のサインが必要となったのだ。


宮廷音楽家はたとえ元平民でも貴族と結婚することができるし、もちろん平民と結婚しても構わない。

〝歩く国宝〟と呼ばれ、テルフォート帝国の国民皆が憧れ大切にする人たちらしい。

皇帝が命じたことは断れないようだが、長い歴史の中で宮廷音楽家を傷つけると国民人気が下がり国が荒れるという教訓があるらしく、皇帝が宮廷音楽家へ無理難題を課すことはほとんどないようだ。

多民族国家なのに皆が音楽好きという国民性に憧れる。


そんな音楽家の最高峰の宮廷音楽家。もちろんそうなりたいと目指し頑張るが、アポロン賞受賞の平均年齢は28歳とある。

宮廷音楽家ではないピアニストが帝国で仕事を得るには、テルフォート帝国貴族の伝手《つて》が必要。普通は平民や外国人にその伝手はないが、コンクールで勝ち進み、貴族が観覧する3次審査以降まで進めれば、貴族の目に止まりパトロンが付いたり仕事を得ることがあるらしい。

アポロン賞を逃したとしてもコンクールに参加さえできれば道は開ける。コンクールは何度でも応募可能で、参加料はかからない。

帝国でピアニストとして生計を立てて、毎年コンクールに応募するのが理想だ。

私がコンクールに参加するには〝父か王族からサインをもらう〟、もしくは〝平民になる〟のどちらかしかない。

貴族学園に入学しなければ貴族になることはないので、平民扱いとなり当主のサインはいらないのではと思い詳細まで読み込んだのだが、貴族学園に入学しなくても父か母どちらか貴族で15歳の場合は当主のサインがいるようだ。

貴族学園がなかったり、制度が異なる国もあるため、どんな国籍でも応募できるようにこうなっているのだろう。

「貴族のままで毎年サインをもらうのは現実的ではないですね。たとえ帝国でピアニストになるというのを納得してもらえたとしても、アポロン賞を取れるまでは心変わりしてどこかへ嫁がされたりしそうです。帝国でピアニストになることはバレないようにしないといけません。貴族学園入学前に公爵家を出奔して16歳になったら受ける、貴族学園に入学した後に卒業資格を得る前に出奔し16歳になったら受ける、の二択でしょうか。16歳からの魔法学園は平民としてテルフォート帝国の魔法学園へ通えばいいですし」

ローズの意見を元に皆で考える。

魔法学園は卒業したい。

魔力持ちなのに魔法学園を卒業しなかった場合は、魔力封じをされてしまうが、それは両手に重い腕輪をつけることになるのだ。

魔力の流れが変わった後の指の動きにも不安がある。思うようなピアノ演奏ができなくなるのは避けたい。

「私が勝手に家を出て姿をくらましたとして、家族がどうするのかが予測ができないことだけが不安だわ。私を有効活用したいのだったらここまで放置はしないと思うから、出奔してもわざわざ探し出すことはないと思いたいけど……」

「叔母はリーブスの関門で働いている。頼めば出国記録を誤魔化してもらえると思う」

「エリシャ様が亡くなった時、エリシャ様のご実家からの財産を相続された個人資産がありますす。それさえあれば平民としてなら20年は暮らせます。私は貧乏男爵家で平民とあまり変わらない水準で育ちましたので手助けできます」

ローズは平民として生きるメリッサにもついてきてくれるらしい。

「その財産でローズを雇うお金も出せる？」

「もちろんです。お嬢様の演奏を毎日無償で聴けるとても魅力的な職場ですね。お嬢様が変な輩に騙《だま》されないように、私は絶対ついていきますから！」

こうして、やることが決まった。

ネイトの叔母に頼んで帝国の口座を作り、そこへ個人資産を移し、帝国での住処を探し準備しておくこと。

髪を切り今の茶髪のカツラを作ること。

口座の名義、平民としての名は「メル」。アメリアに奪われていた「メル」がメリッサの元へ戻ってきた気がした。


1年後、貴族学園へはそのままジョンストン公爵令嬢として入学する。

王都のジョンストン公爵家へ呼び戻されウェインライト王国の貴族学園へ入学した場合は、茶髪のカツラを被り金色に変わった髪を隠し、寮に入り家族とはかかわらない。

卒業直前に出奔し、ネイトの叔母の伝手でテルフォート帝国へ出国する。

テルフォート帝国など他国の貴族学園への入学だった場合も、同じく卒業直前に出奔しテルフォート帝国へ行く。

そしてテルフォート帝国の魔法学園へ平民として入学し、16歳になったらコンクールへ応募する。

周囲に善良な努力家を装っているアメリアが姉のために魔力操作の訓練をしないのはおかしいので、ある程度訓練は進めているはず。

ローズが言うにはこんなに早く魔力が漏れ出ないようになったメリッサが特別珍しいらしく、魔法学園入学くらいまでは訓練が終わらなくても違和感がないらしい。

そのため、メリッサの公爵令嬢の地位を欲していたアメリアがいる限り、自国、ウェインライト王国の貴族学園へ入学する可能性は低い。国境を接している国の中で我が国が一番馴染み深いのはテルフォート帝国だ。おそらくメリッサはテルフォート帝国の貴族学園への入学を命じられるだろうと、皆でホッとする。

今すぐに出奔して帝国へ行かないのかとネイトに聞かれたが、ロートンにいる間に出奔するのは、ローズやジョッシュをはじめ、このロートン領の人たちの責任を問われるのでしたくないとメリッサは答えた。

10年前に貴族学園に入学したローズが言うには、夏の終わり頃に制服の採寸や持ち物へ家の紋章を入れるなどの準備が始まるらしい。夏か、遅くとも秋には、メリッサがどの国の貴族学園へ入学するのか判明するだろうとのことだ。

ローズはメリッサがウェインライト王国以外の貴族学園へ入学すると分かった時点で、ジョンストン公爵家を辞めると決めた。

ウェインライト王国の貴族学園入学の場合は、メリッサと一緒に王都へ戻ってくれるそうだ。

その時は腹を括って、アメリアのように周囲の目をごまかすのだとローズは宣言している。

明日、ジョッシュが髪を伸ばす魔道具を買いに行くという宣言で話は終わった。


カツラを作るために根元で髪を切ってしまっても髪を伸ばす魔道具がある。

切った髪はローズが次の休日に隣の領地でカツラにしてもらうそうだ。

メリッサは髪色を変える魔道具はどうかと言ったが、独特な艶感があり近くで見ると魔道具で色を変えていると分かってしまうものらしい。


その日の晩、部屋で勉強しているメリッサの元へネイトが来た。

「貴族学園は卒業しないって決めたのに勉強してるの、メリッサらしいな」

初めてクッキーをもらったあの日から時々、ネイトはこうしてお菓子を作りメリッサへ振舞ってくれることがある。今日はチョコレート味のクッキーを作ってくれたようだ。

「ネイトもテルフォート帝国の魔法学園に入学しようよ。入学直前に帝国へ出国していたら帝国の学園に入学できるし、義務だからお金もかからない。……私、ネイトと一緒に魔法学園に行きたい」

メリッサは勇気を出してネイトを帝国へ誘った。

「ごめん……俺、このウェインライト王国の魔法学園でやらないといけないことがあるんだ」

話し合いの時にネイトが自分はどうするかを全く言わなかったから、そんな予感はしていた。ネイトはメリッサと一緒の未来を見ていないと。

「やらないといけないことって、私には教えてもらえないの？」

「ごめん……もしも、終わったあとにメリッサが俺を受け入れてくれるなら、俺はメリッサと生きたい」

「そんなんじゃ分かんない。……私がネイトを受け入れないなんて、想像もできないよ」

黙り込んでしまったネイトと2人で食べるチョコレート味のクッキーは、いつもよりも苦い味がした。

それから数日後、カツラ用に髪を切りすぐに魔道具で髪を伸ばしたメリッサは、鏡に映った金髪の自分に母エリシャの面影《おもかげ》を見た。

瞳の色が違うだけ。もう少し大人になったら生き写しと言っても過言ではないだろう。

髪色が違うだけでメリッサはこんなにも母に似ているというのに、それに気付かなかった家族は母の顔を忘れてしまったのだろうか。

いや、違う。母の顔を忘れているのではなく、誰もメリッサの顔をちゃんと見ていなかったのだなと悟った。

◇◆◇◆◇

春になり、メリッサとローズがロートンへ来て1年が経った。そのお祝いとメリッサの12歳の誕生日はネイト手作りのケーキで祝った。

それからも、ネイトの顔の治療は続き、残す火傷跡は右のこめかみとオデコのみになった頃には初夏になっていた。

ネイトの長い前髪の下には、心臓が止まるかと思うほどの美形が隠れていたが、顔の造形よりも、ロートン湖のような青緑の瞳が綺麗だとメリッサは思った。

そして、メリッサはその美しい顔にそっくりな人を知っている。

ネイトにその自覚があるのかは分からないが、貴族が嫌いだと言い、自国の魔法学園にこだわる、とある人にそっくりなネイトに嫌な予感がしている。

メリッサに事情を明かさないネイトを問いただすべきかと迷っていた時、事件は起きた。


ネイトの前髪の下へ手を入れ、右のこめかみへ光魔法をかけていた時、ジョッシュが慌てて部屋に入ってくる。

「お嬢様！　5日後から1週間ほどジョンストン公爵とアメリア様がロートン領主館を訪れるという先触れが来ました」

ジョッシュのその言葉にメリッサの心臓が跳ね、ドキンドキンと嫌な音を立てはじめる。

「最近、ロートン湖の真珠養殖所で珍しいピンク色の真珠が収穫されているんです。報告と共に送った真珠を見た公爵がアメリア様に贈るためにと避暑をかねて真珠の選別に来るそうなのです。その1週間はお嬢様をロートン領の外へ出すように、くれぐれもアメリア様と接触しないようにとのことです」


父とアメリアがロートンへ来る。

大切なものをまたアメリアへ奪われるのではないかという不安と、ネイトの顔を見られてはいけないという恐怖で、メリッサは心の芯《しん》が凍りついたように動けない。

「リーブスへ行こう」

メリッサの震える手の上に手を重ねたネイト。その手の温かさにホッとして緊張が解け、ジョッシュの前だから敬語を使わないとだめだよと思う余裕まで出てきた。

「そうですね。ローズさんとネイトと3人で珍しい楽譜を探すのはきっと楽しいですよ。リーブスの宿を手配しておきます。こちらのことは任せて安心してリーブスで楽しんできてください」

ジョッシュのいつもの笑顔にホッと安心するが、それでもメリッサの心臓は、まだドキドキとした余韻が残っていた。

それから4日後、メリッサはネイトとローズと3人で隣の辺境伯領リーブスへ行った。

大きな本屋や楽器屋で楽譜を探したり、ローズが行きたいと言ったおしゃれなカフェへ行ったり、ネイトの叔母と会ったりと、アメリアへの恐怖を無理やり見ないふりをして、メリッサは今までで一番幸せな楽しい1週間を過ごした。

父とアメリアが王都へ帰った翌日、メリッサたちはロートンへ帰った。

昨日まで父とアメリアがいたとは思えないほどにいつも通りの静かで綺麗な湖畔に安心し、メリッサはいつも通りの日常へ戻ろうとピアノを弾く。


ピアノを弾きだすとメリッサは周りが見えなくなる。

久しぶりのピアノに夢中になって弾いていると、突然、肩を叩《たた》かれた。

メリッサはびっくりして振り向く。王都の実家で消音魔道具を付けて演奏していた頃、約束の時間になるとローズからされていたその肩叩き。ロートンへ来てからはされなくなったそれに、一瞬実家にいた頃の自分に戻ったかのような錯覚に陥る。

「お嬢様！　ネイトがっ！　ネイトが、アメリア様に連れ去られましたっ！」

ローズのその言葉に立ち上がり、メリッサは領主館の門へ向かって走りだした。

きっとアメリアはネイトの顔を見たんだ。

ネイトはどうなるのだろう。もう1日リーブスにいたらよかった。ピアノが弾きたいからとすぐに帰るんじゃなかった。

息を切らして走るメリッサへ、後悔ばかりが押し寄せてくる。

門には呆然と立ちすくむジョッシュと数人の使用人がいた。

「昨日王都へ見送ったはずの馬車が帰ってきまして、忘れ物を思い出したから忙しくて早く王都に帰らないといけない公爵とは別行動をして、アメリア様だけで戻ってきたと言い、なぜか、メリッサ様の従者を連れてこいと言われたのです。ネイトを見たアメリア様が馬車にネイトを乗せて王都へ行ってしまいました」

そこへジョンストン公爵家の紋章が入った制服を着ている護衛騎士が一人馬に乗り戻ってきた。騎士はメリッサへ手紙を渡し、去っていった。

メリッサ様

私は王都へ行きアメリア様の従者となります。ロートンへは戻りません。今までありがとう

 私のことはどうぞお気遣いなく、これまで通りにお過ごしください。

ございました。

ネイト

心配ない　計画通りで

最後の一文は走り書きのように手紙の隅に小さく書いてあった。

ネイトからの手紙を読んだメリッサは、アメリアの馬車を追いかけようと馬車どめへ向かって走る。

自分が今アメリアへ隠さなければいけない金髪姿ということも、帝国でピアニストになる計画も、全てメリッサの頭から抜け落ちネイトを取り戻すことばかり考えてしまっていた。

冷静なジョッシュが馭者《ぎょしゃ》に声をかけて馬車を出させなかったことでメリッサが追いかけることは叶わなかった。

馬車どめで呆然と立ちつくすメリッサへ一人の使用人が声をかけた。

この春先から働いている、ネイトより少し年上の料理人見習いの彼は必死にメリッサに頭を下げている。

「お嬢様、ネイトが連れ去られたのは私のせいなんです。ロートンでのお嬢様のことを教えてほしいとアメリア様に言われ、金髪のこと以外、いろんな話をしてしまいました。たまたま見えてしまったネイトの長い前髪の下が美形だったこともです。

アメリア様は私の余計なおしゃべりのせいでネイトに興味を持ったんだと思います。お嬢様がロートンへ来たのはアメリア様のせいだと知っていたし、金髪のことは話してはいけないと言われて何か事情があると理解していたはずなのに。本当に申し訳ございません」

彼のせいではない。「メリッサが金髪になったことはアメリアとジョンストン公爵へ話してはいけない」としか緘口令《かんこうれい》を敷いていなかったのだ。

アメリアは一応メリッサの妹。計算高く、平然と嘘をつき、口がうまく、簡単に人を陥れることができる美しいアメリアに、姉のことを知りたいと健気に言われたら何でも話してしまうだろう。

ジョッシュやジョッシュの息子たちよりも聞き出しやすそうな、若い男性で料理人見習いの彼をアメリアはわざと選んだのだ。むしろ彼が金髪の秘密を隠しきれたことにびっくりする。

頭の中ではそう考えていたが、声も出せずに呆然とし続けるメリッサ。

気付けば料理人の彼はいなくなっていたがジョッシュが退席させたのだろう。


ローズとジョッシュへネイトの顔についての疑惑を相談しようか迷い、ただでさえメリッサの出奔で迷惑をかけている2人をこれ以上巻き込んでいいのかと悩む。

そして、ネイトもこんな風に悩んで、メリッサ達へ何も言わずに一人で問題を抱えたまま行ってしまったのだと気付く。

手紙の前半の文章はおそらくアメリアに書かされたもの、最後の走り書きの部分がネイトの本音。ネイトが走り書きした〝計画通りで〟とは、メリッサが帝国で平民になってピアニストになる計画のことしか思いつかない。

ネイトの抱える事情を教えてもらえなかったメリッサは、ネイトに突き放されてしまったのだ。

身体の中から何かが落下していくような気がして、涙がはらはらと落ちる。一度涙が流れると止まることがなく、メリッサはさめざめと泣き続けた。

そんなメリッサを見守るしかできなかったジョッシュとローズ。

ローズはすぐにネイトの叔母へ事情を説明しにリーブス辺境伯領まで行ってくれた。

ジョッシュは、それから1週間後に、急いで作らせたアメリアが注文したピンク真珠のネックレスを持って、王都のジョンストン公爵家へ行ってくれた。

ジョッシュがジョンストン公爵家で見たネイトは、長い前髪で顔を隠したまま、他の使用人と変わらない様子でアメリアの従者として働いていたそうだ。

怪我をしていたり、やつれていたり、拘束されている様子もないけれど、明らかにジョッシュに気付いているにもかかわらず近づいてくることはなく、何もやり取りはできなかったらしい。

そして、ネイトの叔母と会ってきたローズから、火事で亡くなったネイトの母親のことを聞いたメリッサは、ネイトが魔法学園でやりたいことも、「メリッサが受け入れてくれるなら」と言った意味も、朧《おぼろ》げながら理解した。

アメリアに連れ去られたのはおそらく偶然だろうが、間違いなくネイトのやりたいことには近づいただろう。

ネイトはロートンへは帰ってこない。

アメリアの考えが分からないことが不安だが、メリッサはネイトのことを受け入れて、全てが終わったネイトを帝国で待つことにした。

本当は今すぐにでも王都に行ってネイトを止めたい。

でも、ネイトから目的を話してもらえなかったメリッサでは止めることができない。

5章　friends

ネイトが王都へ連れ去られてから半年経った今日は貴族学園の入学式。

メリッサは無事、父からテルフォート帝国の貴族学園への入学を命じられた。ウェインライト王国の王都に呼び戻されずに他国へ留学することを命じられたことは本来ならば悲しいことなのだが、帝国でピアニストになる計画が進行しやすい結果にジョッシュとローズと共に喜んだ。

王都に戻ってネイトに会いたい気持ちももちろんあったが、もしもメリッサが王都へ戻ったとしてもネイトは〝ウェインライト王国の魔法学園でやりたいこと〟が終わるまではメリッサを避けるような予感がしていた。

メリッサのテルフォート帝国留学が分かったことでローズは無事にジョンストン公爵家の侍女を辞め、メリッサが貴族学園にいる間はロートン領主館の使用人として働きながら、3年後に帝国で平民として暮らす準備をしてくれている。

ローズがいない寮生活だが、入学前にローズと一緒に練習したおかげで何とか生活できそうだと安心する。

テルフォート帝国の貴族学園には、少ないながら、メリッサのようにウェインライト王国から留学してきた貴族子女もいる。そのため、メリッサは念のために茶髪のカツラを被り、そのカツラへネイトが初めてクッキーをくれた思い出の青緑色のリボンを付けた。

平民がつけるようなリボンで貴族学園にはふさわしくないのだが、他国の貴族学園に入学している時点でおかしいのだから構わないだろう。

入学式が始まる前の待ち時間、沢山の家族連れの中で知り合いも家族もいないメリッサは、同じく一人でいた入学生に声をかけられる。

「もし、ウェインライト王国の方ですか？」

声をかけてきたのは、入学生の印として胸に付けられた造花のバラが霞《かす》むほど華やかな美少女。たっぷりと豊かな赤髪に金塊よりも高価に見える金色の瞳で、同い年のはずなのにメリッサよりずっと大人っぽい。

「はい。ウェインライト王国のメリッサ・ジョンストンと申します」

「私はウェインライト王国のオーブリー・クライントンです。お互いウェインライトの社交界からこの帝国へ追い出されている訳ありの身ですから、気楽にいきませんか？」

クライントンは確か伯爵位でワインとフルーツが名産の歴史ある家。メリッサが頷《うなず》き了承すると、オーブリーは堰《せき》を切ったように話し出した。

「やっぱりウェインライト人だと思ったぁ。私のことはブレイって呼んでね。メリッサ様って名前で呼んでもいい？」

「メルでいいよ」

いきなりの令嬢らしからぬ遠慮のない言葉遣いにびっくりしたものの、ネイトで慣れていたメリッサは気にならない。

「メル、あそこにいる令息とあの木の下にいる令嬢もウェインライト人だと思う。付き添いの家族もいないし、所在なく一人で影がある感じ、絶対そう。一緒に声をかけに行こ！　で、みんなで不幸自慢しよう！　……私はね、今風に言うと『継母と異母妹に家を追い出された令嬢は帝国で皇太子に愛される、戻って来いと言われてももう遅い！』かな」

声をかけてきた時は高貴で近寄りがたい印象だったのに、それを忘れさせるほど気さくなブレイ。メリッサも〝所在なく一人で影がある感じ〟だったのだろうなと、思わず苦笑いしてしまう。

「皇太子はまだ決まっていないし、帝国の第一皇子殿下はまだ3歳だったはず……」

「知ってるよ！　今、テルフォート帝国で流行ってる恋愛小説風に言ってみただけだって、って、メルもしかして知らなかった？　……流行り物を押さえとけば友達ができるって言われたのにな……」

「流行りの恋愛小説は分からないけど、友達になってくれたら嬉しいわ」

こうしてメリッサはブレイと出会った。

ブレイが目星を付けた令息と令嬢もやはり事情があって帝国へ追いやられたウェインライト王国の貴族子女で、4人で肩を寄せ合うようにして入学式へ参加した。

アメリアに連れ去られてしまったネイトと会うこともないまま、メリッサのテルフォート帝国での生活は始まった。

◇◆◇◆◇

『義妹に婚約者の第二王子を奪われ領地に追放された公爵令嬢は、帝国で聖女になります』のメルことメリッサ。

『継母と異母妹に家を追い出された伯爵令嬢は、帝国で皇太子に愛される』のブレイことオーブリー。

『両親を亡くし叔父に家督を奪われた侯爵令嬢は、帝国で第二皇子に愛される』のキャリーことキャロライン。

『異母兄弟たちの爵位争いから逃げてきた辺境伯の隠し子は、帝国で美少女たちに囲まれて困ってます』のノア。


ブレイが考えたこの流行りの恋愛小説風自己紹介は、後半の〝帝国で〟から後は真っ赤な嘘だが、前半部分は的確な表現だとメリッサは思った。

4人共この自己紹介以上の詳しい事情は話さなかったが、4人で過ごす学園生活にはこれだけで充分だった。

友達だと思っていたジャクリーンからあっさり嫌われた過去のせいで、学園で友達ができるのか不安だったメリッサだが、ブレイに話しかけられたすぐ後には不安に思っていたことすら忘れていた。

周囲の帝国貴族の令息・令嬢たちのように派閥関係を考慮したり、会話の裏を読んだりする必要がない穏やかな学園生活。

メリッサ念願の音楽の都と呼ばれる帝都の生活でもあるため、休日のたびにブレイ、キャリー、ノアと市井《しせい》へ繰り出し、小さな演奏会や路上で演奏している人などさまざまな楽器の演奏や歌を耳にすることができた。

頻繁に文通しているローズからの手紙には、当初、テルフォート帝国貴族の子女たちと仲良くなりピアノの腕をアピールして、今後の伝手を作るのはどうかと書いてあった。

メリッサはウェインライト王国からの留学生たちと仲良くなったことを報告し、大切な友人と過ごす時間を優先したいと返事を書いた。

ローズは、友達ができてよかったと喜んでくれた。

平民になる予定のメリッサは、ウェインライト王国ではなくテルフォート帝国の貴族学園に入学できて良かったと心底思っているが、この帝国の貴族学園を卒業したらウェインライト王国へ戻り貴族として生きていく他の3人にとっては違うのだろうなと、メリッサは3人の今後が心配になっていた。

ウェインライト王国出身の先輩もいて、他国出身者として注意しないといけないことなどを先輩たちに教えてもらい、また、自分たちの後に入学してくる後輩たちにも同じように教えようと決意した。

皆何かしら傷付き国を追われた人ばかりのためか、優しく助け合っていた。こうして狭かったメリッサの人間関係は、少しずつではあるが広がっていった。

それでも、夜になると、心の中が空っぽになってしまったような寂しさに押しつぶされそうになる。

そんな寂しい夜はネイトからもらった青緑のリボンを眺めて過ごすようになっていた。

メリッサは入学前からジョンストン公爵家にいるネイト宛に手紙を出し続けている。

アメリアに読まれるかもしれない可能性を考慮して、当たり障りない内容とネイトの身体を心配する手紙だ。

そして、貴族学園へ入学してしばらくした頃、ネイトからも手紙が届くようになったのだ！

くしゃくしゃになった封筒で届くネイトからの手紙は、「元気にしているか」「元気にしている」「心配いらない」「ピアノが聴きたい」「帝国で頑張れ」といった内容ばかりで、メリッサが送った手紙の問いかけへの返事はない。

メリッサが送った手紙と噛み合わないネイトからの手紙に、メリッサの手紙はネイトに届いていないことを察する。

それでも、たくさん送れば1枚くらいはネイトに届くかもしれない、メリッサから手紙が届いていることだけでも伝わるかもしれないと思い、メリッサは誰かに見られても大丈夫な内容でネイトに向けて手紙を出し続けている。

ネイトから届いた手紙はメリッサの大切な宝物だ。

短文の羅列ばかりでそっけない内容なのだが、それがかえって筆不精なのにメリッサのためにわざわざ手紙を書いて送ってくれてるのだと分かり胸がぽかぽかと温かくなる。

リボンと一緒に宝箱に入れて、寝る前に読み返している。

ある日、ネイトから届いた手紙の中に「パトリックにピアノを聴かせるな」という不穏な文があり、どういうことなのかと不安に駆られたが、いつかネイトと再会した時に理由を聞けばいいと気にしないことにした。

ネイトと再会し許可が出るまではメリッサが兄の前でピアノを弾くことはないだろう。

こうして時は流れ、メリッサは貴族学園の3年に上がり15歳となり、秋にあるテルフォート国際音楽コンクールに応募できる歳になった。

15歳のメリッサがコンクールへ応募するには父かウェインライト王国の王族のサインが必要だが、父にテルフォート帝国でピアニストになると知られるわけにはいかないため、今年のコンクール応募は見送る。

貴族学園の卒業最終試験直前に行方をくらまし貴族籍を捨て、卒業式を過ぎた後に国籍を帝国に移して帝国の平民メルになる。そして、平民メルとして帝国の魔法学園へ入学し、来年、16歳の秋に憂いなくコンクールに応募する。

メリッサは心の中で今後の計画を復習した。

本人と王族以外は勝手に国籍を閲覧できないと国際法で決まっているため、家族にバレる心配は少ないはずだし、魔法学園では茶髪のカツラを被ることをやめて金髪になり、貴族学園のメリッサ・ジョンストンとは別人を装おうと思っている。

貴族学園3年の夏の終わり、夏休みが明けて新学期が始まった日の放課後、メリッサ、ブレイ、キャリー、ノアの4人はいつものようにメリッサが通年で借りているピアノ自習室に集まっていた。

メリッサがピアノを弾く横で他の3人が勉強するのが4人の中でお決まりの放課後の過ごし方だった。

「皆もこのままテルフォート帝国の魔法学園に行くのよね？」

メリッサがキリのいいところで演奏を一旦《いったん》休憩していた時、皆へ問いかけたキャリー。新学期となり卒業まで半年となったことで皆の今後が気になったのだろう。

そんなキャリーの問いかけに、テルフォート帝国の新聞だけでなくわざわざウェインライト王国の新聞も取り寄せ、毎日読み込んでいるノアが答える。

「ウェインライトの魔法学園が実験的に一部の教育方針を変えるために、来年から数年間、魔法学園の国際条約の加盟から一時的に外れることになると新聞に載ってたよ。今月中には、来年度入学からウェインライト王国国籍の者は他国の魔法学園へは入学できないと正式に広報されると思う。僕たちはウェインライトの魔法学園にしか入学できないんだ」

メリッサは知らなかったその事実に驚くが、先日、〝ウェインライトの魔法学園に入学するため、テルフォート帝国の貴族学園卒業後にジョンストン公爵家に戻るように〟という手紙が父から届いたことを思い出した。

あれは父から娘への手紙ではなく、家令が代筆したジョンストン公爵からの指令。アメリアが魔力操作の訓練を終わらせたのだろうと予想したのだが、ウェインライト王国の魔法学園が国際条約の加盟から外れたことが理由だったようだ。

「知らなかったわ。相変わらずノアは勤勉で物知りね。……私は貴族学園を卒業する前に辞めてテルフォート帝国の平民になって、平民として帝国の魔法学園に通おうと思っているの。叔父に無理やりここへ入学させられたけれど、下手に貴族籍を得ていたら、追々叔父に政略の駒としてとんでもない家に嫁入りさせられる未来しか見えない。それくらいなら平民になってでも逃げた方がいいかもって以前から考えていたのよね」

幼い頃、火山の噴火によって両親を亡くしているキャリーは、亡くなった父親の代わりにピアース侯爵となった叔父とその家族から冷遇されていたと聞いた。

メリッサが第二王子クリストファーの婚約者候補に決まったばかりの6歳の頃、第一王子の婚約者候補ジャクリーンが主催するお茶会で、まだ両親が健在だった頃のキャリーを見かけたことを思い出す。

ふわふわの金髪に緑色の大きな垂れ目が可愛らしかった6歳のキャリーは、家に帰りたいと泣きながら侍女のスカートを握りしめていた。

見るからに甘えん坊で弱々しく泣いていたあのキャリーが、今はたった一人でも平民として暮らそうとしている。

学園生活ではメリッサ、ブレイ、ノアの3人をまとめて引っ張ってくれたキャリーだが、両親が亡くなるという逆境があの侍女のスカートを握りしめて泣いていたキャリーを逞《たくま》しい令嬢に変えてしまったようだ。

キャリーがテルフォート帝国で平民として生きるなら、同じく帝国の平民になるメリッサは一緒に魔法学園へ通える。何かあっても助け合うことができる。

「魔法学園って確か王妃と王妃の実家のケンブル侯爵の管轄だったわね。きっと第三王子をウェインライトの魔法学園におびき寄せようとしているんだわ」

「第三王子？」

キャリーの思いがけない発言にブレイが興味津々《しんしん》で問いかけ、メリッサやノアもキャリーの話の続きを待つ。

「亡くなった側妃が産んだ第三王子がいて、陛下が王妃から隠してるらしいの。その第三王子は私と同い年で、他国の貴族学園に入学する可能性が高いから、私はこのテルフォート帝国で第三王子を探すようにって命じられて叔父に無理やりここに入学させられたのよ。……その辺に捨てられるよりはマシだからいいけどね。まだ見つかってないらしくて、最近では同い年だけじゃなく後輩も探れって叔父から催促の手紙が沢山来てて辟易《へきえき》してたの。めんどくさいから探してもないけど、この学園に第三王子はいないわ」

「同い年のウェインライト人唯一の男で、経歴も辺境伯の庶子ってごまかしてるかもだし、正直、僕が一番怪しくない？　なんで違うって分かったの？」

ノアの問いかけにキャリーは自信満々で答える。

「顔よ！　あの美形の陛下と、その陛下が寵愛してた側妃との子供なのよ？　並大抵の顔じゃ納得できないわ」

並大抵の顔と言われたノアはうなだれ、それを見たブレイが爆笑している。

「正直一番怪しかったのはメルね。容姿端麗で、勉強しなくても常に学年10位以内を取って、プロ並みの素晴らしいピアノ演奏で、珍しい光魔法を使えて、何よりなぜかカツラを被ってるでしょ？　最初は疑ってたんだけど、カツラの下はただの金髪で、性別を変える魔道具なんて聞いたことがないから違うかなって。第二王子の元婚約者候補が実は第三王子でしたはさすがに無理があるかなーって」

「えっ⁉　私がカツラだって気付いてたの？」

当たり前のようにカツラのことを言うキャリーにメリッサはびっくりする。

「何か事情があるんだろうなと思って黙っていたけど、私は入学して1週間くらいで気付いたわよ。2人は？」

「僕は1カ月かな」

「私は入学式！」

キャリー、ノア、ブレイの言葉にメリッサはガックリと肩を落とす。

「むしろ僕たちがメルのカツラに気付いていないかったと思っているメルにびっくりするよ。ピアノの練習途中でズレたカツラを直したりしてたし」

ノアの言葉に、ウェインライト王国の貴族学園へ入学していないでよかったとメリッサは心底思う。ピアノを弾くと周囲が見えなくなる自分はアメリアへカツラの事実を隠し通すことなどできなかっただろう。

「皆はウェインライトの魔法学園に行くなら、私だけお別れね。平民になるのは正直不安だけど、これまでもなんとか乗り越えてこれたもの。きっと生きてさえいればどうにかなる。……落ち着いたら手紙を書くわね」

そう言って寂しそうな顔をしているキャリーだが、メリッサも同じく平民になって帝国の魔法学園へ行くのだ。

この2年半で培った友情を信じよう。

そう決意したメリッサは、テルフォート帝国でピアニストになる計画をブレイ、キャリー、ノアの3人に打ち明けた。

◇◆◇◆◇

それから半年経ち、春の日差しが暖かい今日は、メリッサが生まれたウェインライト王国の魔法学園の入学式。

入学式の会場ホールでは、入学生とその家族が席に座って入学式が始まるのを待っている。

ギリギリまでテルフォート帝国を出国しなかったメリッサは、ジョンストン公爵家には寄らずに直接魔法学園に来たため、家族には会っていない。この会場ホールに入ったのも開会の直前だ。

親の同伴がなく一番後ろの席に固まって座っているメリッサ、ブレイ、キャリー、ノアの4人は、まるで3年前の貴族学園の入学式の時のようだと笑い合う。

3年前と同じく、メリッサの髪は思い出の青緑色のリボンで纏められている。


席はステージに近いほどに高位貴族が座っていて、ステージを見下ろすように階段状になっているため、一番後ろに座っている4人にはホール全体を見渡すことができた。

今年は第二王子クリストファーが入学するため、ステージ右手上、特別来賓《らいひん》席には国王陛下と王妃、魔法学園3年生の第一王子エルドレッドが座り、ステージを見下ろしている。客席最前列の右端に座っているのは第二王子クリストファーだろう。

ステージ左手上側の特別来賓席には国内外の貴賓たちが座っている。新しい教育方法の紹介があるために今年は例年よりも貴賓が多いらしい。

「あの黒髪がメルのネイト？」

ブレイが指差しているのは、ステージの最前列真ん中に陣取っているジョンストン公爵一家の1列後ろに控えるように座っている黒髪の青年。

3年半ぶりに見るネイトの後ろ姿だ。


ネイトは時折り左右に顔を振り誰かを探しているように周りを見渡しているため、相変わらず長い前髪で顔半分を隠していることが分かる。

こちらからは見えないが、その胸には入学生を表す造花の赤い薔薇が付いているのだろう。

少年から青年に変わったネイトの背中を見てメリッサの胸はドキドキと高鳴る。

あの大きな背中のネイトの顔に手を添えて、至近距離で光魔法をかけることはとてもできそうにない。


「うん。私のじゃないけど、あれがネイトだよ。その前、最前列にいる金髪の令嬢がアメリア」

稲穂のように輝く豊かな金髪の令嬢はアメリアに間違いないだろう。

その、母と同じ金髪にタンザナイトの髪飾りはない。

実の娘のメリッサを無視してアメリアのものになった母の形見だというのに、魔法学園の入学式という特別な日にも付けられることはないようだ。

そしてそのアメリアの両隣、後ろ姿のため顔は見えないが、右隣の銀髪の紳士が父で、左隣の銀髪の老婦人が祖母だろう。

上級生は入学式に参加しないため魔法学園3年生の兄はここにはいないようだ。

ロートンへ行ってからは会うことがなかった5年ぶりの家族の後ろ姿だが、感動もなければ、自分の存在を忘れられていることへの悲しみもない。

今日のメリッサの目的に彼らは関係ないのだ。家族、いや、元家族を気にすることはもうやめよう。


しばらくして、ステージ上の明かりが灯《とも》り、ウェインライト王国の魔法学園の入学式が始まった。

校長の挨拶から始まり、順々に外国の高名な魔導師や学者の話が続き、そして、次は新入生代表の挨拶。

新入生代表の名はアメリア・ジョンストン。

計算高いアメリアが、決して勉強ができないわけではないクリストファーに新入生代表の座を譲らず、王族の面目をつぶしてでも挨拶をするのには理由がある。

数カ月前、アメリアは第一王子エルドレッドと婚約した。

公爵令嬢といっても元は子爵令嬢でジョンストン公爵家の血は流れていないアメリアが、皆へ優秀だと宣言できる場を逃すわけがない。

昨年の晩秋、エルドレッドが次の夏に立太子することが発表された。

存在を隠している第三王子がウェインライト王国の魔法学園に入学しないといけない状況になった陛下は、王妃から第三王子を守るために、エルドレッドを立太子させろという王妃の要求に屈してしまった。

エルドレッドの立太子が決まった後すぐにアメリアとエルドレッドは婚約した。

元は子爵令嬢だったアメリアはとうとう立太子予定の王子と婚約するところまで登りつめたのだ。

最前列に座っていたアメリアは完璧な所作で立ち上がり、優雅にステージへ上がっていく。

すらっと長い手足、制服の襟《えり》から覗《のぞ》く首筋の透けるように白い肌、稲穂のように輝く金髪に薔薇のような赤い目、左右均等に配置された形の良い目や鼻。

暗い席からゆっくりと明るいステージに上がり、だんだんと鮮明になっていく少女の姿に、皆目が離せない。

メリッサが最後に会った10歳から15歳に成長したアメリアは、まるで神が作った人形のように現実離れした美人になっていた。

それでもとりすますことなく、客席に向かい花が咲いたように微笑んだアメリアは、鈴を転がすような澄みわたる美しい声で挨拶を始めた。

「あたたかな春のおとずれと共に、私たちは……」

「国王陛下！　私はここで、第一王子エルドレッド殿下の婚約者、アメリア・ジョンストンが犯した殺人について献言いたします！」

アメリアがいるステージへ上がり込み、アメリアの挨拶に被せて来賓席の国王陛下へ向かって申し立てを宣言したのは、長い前髪を上げ、アメリアに生き写しのような美しい顔を晒したネイトだ。

客席にいる人は皆、その現実離れした2人のよく似た顔《かんばせ》と突然の出来事に理解が追いつかず、反応を忘れて陛下の言葉を待っていた。

6章　ネイト

歴史ある建築物などなく、海も山もない。領地の中心街はそれなりに栄え少なくない人がいるが、中心街から少し外れただけで畑が広がっている。

そんなつまらない田舎町、ミルズ子爵領の中心街でネイトは育った。

生まれた時から父はなく、母一人子一人で、母はミルズ子爵家で侍女として働いている。

母が働きに出て家にいない時は、幼いネイトは近所の老婆の家に預けられていた。その老婆の言葉から〝父〟というものの存在に気付いたネイトだが、自分の父は誰なのかと母に聞けないでいた。

ネイトが6歳の時、母の実家の男爵家が爵位を返上した。

それにより貴族学園を中退した母の妹が、魔法学園に入学するまでの半年の間、ネイトと母の家に居候《いそうろう》していた。

夜遅くトイレに起きたネイトは、隣の部屋で母と叔母がネイトの父について話をしていることとに気付く。２人に気付かれないようにこっそりとその話を立ち聞きしたネイトは、自分は母が望んで生んだ子供ではないことを知った。

魔法学園を卒業後、とある侯爵家で侍女として働いていた母は、仕事中にその侯爵家の嫡男に無理やり愛人関係を強要された。

それならばと侯爵家を辞めようとした母に、侯爵家嫡男は、愛人にならないならば紹介状を書かない上に問題があって辞めたことにすると言って脅し、母は侯爵家嫡男の愛人になった。

幼い頃からの婚約者がいた侯爵家嫡男は、婚約者とは別の令嬢と浮気し、浮気相手を孕《はら》ませ、勝手に婚約者と婚約破棄したことで嫡男を外された。

その後、侯爵夫人が持っていたミルズ子爵位を継承してミルズ子爵となり、責任を取ってその浮気相手と結婚したのだが、結婚したのはネイトの母ではない。

つまり、ミルズ子爵は婚約者がいる身で浮気をし、その浮気相手とは別で母に愛人関係を強要していたのだ。

そんな屑がネイトの父なのだ。

侯爵家嫡男から子爵になり、王都からミルズ子爵領へ移り住むゴタゴタの中で母は妊娠に気付きネイトを産んだ。

ミルズ子爵領へ来てしばらくしてから子爵に母以外の別の愛人ができ、母はやっと子爵から解放された。

愛人を辞められても、ネイトが男児だったことでミルズ子爵家の侍女は辞めさせてもらえない。

今は侍女の給料とは別に、密かにネイトの養育費をもらっていることで割り切って働いている。

そんな人間の屑ミルズ子爵と結婚したミルズ子爵夫人は、婚約者のいた侯爵家嫡男を寝取ったという事実がなかったかのように評判を取り戻している。

それでもその本質は屑の嫁。表では善人を装い、裏では気に入らない侍女を徹底的にいじめるなど、表裏があり、体裁《ていさい》を繕《つくろ》うのが異常に上手な性根《しょうね》が腐った美女。

ミルズ子爵はそんな夫人からの報復を恐れて、愛人の存在を徹底的に隠しているそうだ。

ミルズ子爵夫人は女児一人しか産んでいない。もう愛人ではないために母とミルズ子爵の関係がバレる恐れはないが、男の庶子ネイトの存在が夫人には絶対にバレないように必死に隠しているのだと、そんな言葉で母の話は終わった。

話を聞いた叔母は、そもそも侯爵家を辞められなかったのは自分のせいだと泣いて母に謝っていた。

母の実家の男爵家は税の未納で爵位を返上したくらい貧乏だった。

きっと仕送りや、叔母の貴族学園の入学などの問題があって、それが叔母の涙に関係しているのだろう。

違うと慰める母と叔母の姿を、ネイトはドアの隙間からこっそりと眺めていた。

ネイトと母は同じ黒髪だが、顔は全く似ていない。

母から長い前髪で顔を隠し、誰にも顔を見せてはいけないと言われていたが、母と叔母の話で、自分の顔はミルズ子爵に似ているのだろうなとネイトは悟った。

煩《わずら》わしい前髪を勝手に切ってしまいたいと思っていたが、母のためにも我慢しようと決めた。

ネイトの母は外では影のある美人だが、家の中ではドアを足で開けたり、調子の外れた鼻歌を歌っていたりと、少しおどけたところがある、かわいらしくて優しい人だ。

ネイトはそんな母のことが大好きだった。

ネイトは母にとって望んだ子ではない上に、顔は屑にそっくりらしい。もしかしたら大好きな母はネイトのことを愛していないのではないかと思うと、不安で胸が痛かった。

ネイトが7歳になる年に、叔母は魔法学園へ入学し寮へ入り、ネイトは近所の平民学校へ通うようになった。

平民学校は午前中だけで、文字を書いたり計算を習う。お昼からは幼少から預けられていた老婆の家に行っていたのだが、ネイトが学校へ通うようになってしばらくして彼女は遠方の息子夫婦の元へ引っ越してしまった。

その時、声をかけてくれたのがケーキ屋の夫婦だ。

嫁いで家を出た娘がいるその夫婦は、お昼ご飯と子供のお小遣いに毛が生えた程度の給料でネイトを雇ってくれた。7歳のネイトにやれることは少ないが、箱や袋にハンコを押したり、簡単な買い出しをしたりと、夫婦はネイトにもできることを探してくれた。

ガッチリと男らしいケーキ屋の主人のゴツゴツとした大きな手から、小さくて繊細なお菓子ができるのが不思議で、夫婦の軽快なやりとりがおもしろくて、ネイトは毎晩、母にケーキ屋の話をしていた。

母はいつも笑顔で話を聞いてくれて、植木の花が咲いたり、ネイトの靴のサイズが大きくなったりと、小さな嬉しいことがあるたびにそのケーキ屋でケーキを買ってくれて、2人でお祝いするようになった。

10歳になったネイトはケーキ屋の給料も少しだけ増えて、週に1回、一人でクッキーを焼くことが仕事に追加されるまでになった。

ネイトが作ったクッキーのお客さん第1号はもちろん母だ。


そんなある日、ネイトはケーキ屋の奥さんにお使いを頼まれた。

「ネイト、酒屋に行っていつものブランデーを1缶頼んできてちょうだい」

「ラム酒も残り少なかったよ」

「じゃあラムも1缶お願い」

ネイトは街の中心から少し遠くにある馴染みの酒屋に向かう。頼んだお酒は後で酒屋が配達してくれるので、ネイトが重たい一斗缶を2缶も持って帰る必要はない。

酒屋に着くと、ネイトと同じ年頃の女の子が酒屋の主人に話しかけていたので、ネイトはその後ろに立って2人の話が終わるのを待つことにした。

「強いお酒でおすすめはこれかな。結構重たいけどお嬢ちゃん、持てるかい？」

店主はそう言い、女の子に大きな瓶のブランデーを渡している。


「…大丈夫。これにします」


女の子の後ろに立っていたネイトは違和感を覚え、考えた結果、その女の子が自分の異母妹だと気付く。

茶色い髪はカツラだ。上手に被っているが大人用なのか少し大きくて浮いた感じがあるし、よく見るとつむじがない。

そして、カツラで目元を隠し鼻と口元だけが見えているが、いつも鏡で見る、長い前髪で顔を隠している自分の口元とそっくりだ。

そして何より、匂いが平民と違うのだ。

見た目は新しさもなく着古している平民の女の子の服なのだが、とてもいい匂いがする。

仕事帰りの母からふわっとかすかに香る貴族の香り。別に平民が臭いわけではない。ただ、こんないい匂いが平民から香ることはありえない。

この辺で貴族の子供はミルズ子爵家のお嬢様、つまりネイトの異母妹しかいない。

この匂いさえなければ、カツラへの僅《わず》かな違和感も気付くことがなかったくらい、巧妙に平民の女の子に変装している、名前も知らない異母妹。

そのそっくりな口元に、自分もまた彼女に見られたら、異母兄だと気付かれてしまう可能性にネイトは気が付く。


その時のネイトには、本当は、異母妹に話しかけて仲良くなりたいという気持ちがあった。

でも、声をかけようとした直前、ミルズ子爵夫人にネイトの存在を隠そうと一人で必死に子爵家の屋敷で頑張っている母の笑顔が思い浮かび思いとどまった。

異母妹に気付かれないようにと、ネイトはさりげなく近くの棚の陰に隠れた。


「きっとお父さんも喜ぶと思うよ。プレゼント用にリボンを結んであげよう。赤でいいかな？」

「何色でも嬉しいです」

「おまけでお嬢ちゃんにこのチョコレートをあげるね」

「ありがとうございます」

そう言って、会計を済ました異母妹は、大きくて重そうな酒瓶を抱えて酒屋を出ていった。周囲に護衛と思われる人は見当たらない。

本当に一人でお屋敷の方向へ歩いていった。


平民に変装してこんな町外れの酒屋でミルズ子爵へのプレゼント用のブランデーを買っていた異母妹。父親へ内緒でプレゼントを用意し驚かせようとしているようだ。

母が叔母に話していたのを盗み聞きした印象では人間の風上にも置けないような屑だったミルズ子爵だが、異母妹にとっては内緒でプレゼントを用意するほどの良い父親らしい。

驚いたが、ネイトは異母妹に不幸になってほしいわけではない。


そんなことを思いながら酒屋からケーキ屋への帰り道を歩いていたネイトの目の端に、赤い何かが入ってきた。

ふと、気になって顔を向けると、その赤は八百屋の店先にある野菜屑入れの箱からはみ出ている。

思わずネイトはその屑箱に駆け寄る。

中には酒屋の主人がブランデーへ巻いていた赤いリボンとおまけで渡していたチョコレート

が捨ててあった。

そんな異母妹との遭遇からしばらくして、ケーキ屋の店頭に苺《いちご》のケーキがたくさん並んでいた春の中頃、ネイトの平凡で幸せな日常が終わる日が来た。

その日のネイトはたまたま早い時間に目が覚めてしまい、早番のため早朝から出勤する母と一緒に朝食を食べた。

ネイトは、母の髪をまとめている髪留めに見たことがないガラス玉が付いていることに気付く。

「そんな髪留め持ってた？」

「この大きなガラス玉なんだけどね、炎の魔道具で好きな色のガラスを溶かして玉を作るんだって。お屋敷のお嬢様がハマってて、飾りとか髪留めとかガラス玉で作っては使用人たちに配ってるのよ。それぞれ違う色や柄でこだわって作ってくれてるみたい」

母と叔母の話を盗み聞きしたことで、自分の父がミルズ子爵だとネイトが知ってしまったことに、母は気付いていない。

その〝お屋敷のお嬢様〟が自分の異母妹だとネイトが知っているとは思ってもいないだろう。

「ふーん。でも飾りにしては少し大きくない？」

「そうなのよねぇ。まぁ9歳の女の子が作ったものだからしかたないんだけど。重たくて着けてなかったら見つかっちゃって、今日は絶対着けてきてねっておねだりされちゃったの」

母の目の色を意識したのだろう青いガラス玉は、芯に使っている素材の黒色が透けていて青色が暗く濁っている。

母の青い目はもっと明け方の空みたいな綺麗な色なのに、とネイトは思った。

「今日は早番だから、いつもの公園で待ち合わせね」

「うん。いってらっしゃい」

母が早番の日は、母が働くお屋敷とネイトが手伝っているケーキ屋の間にある公園で待ち合わせて、2人で買い物をしながら帰る約束になっている。母は優しい手つきでネイトの頭を撫でたあと家を出ていった。

それが、母との最後の別れになるとは、その時のネイトは思ってもいなかった。

いつもより早くケーキ屋の手伝いが終わり、母と待ち合わせをしている公園へ向かって歩いていたネイトは周囲の騒《ざわ》めきに気付く。

「子爵邸が燃えてるのに大型の放水魔道具が壊れていて大変らしい」

そんな一言が聞こえたネイトは、公園へは向かわず、まっすぐ母が働くお屋敷に向かって走り出した。

子爵夫人からネイトを隠している母は、子爵邸には絶対に来てはいけないと、顔を隠すのと同じように、ネイトに厳しく言っていた。その母の言葉を無視してでもネイトは走らずにはいられなかった。


お屋敷の周りには人だかりができているが、子供の小さな身体を生かし野次馬をかき分け進む。周囲の制止も振り払って、お屋敷に入り、ネイトは煙が激しく出ている火の中心へ向かって走っていった。母がそこにいるとは限らないのに、嫌な予感が止まらなかった。

お屋敷に入ってからは人の姿は見当たらない。皆逃げたあとなのだろうか。

辺りが炎に包まれて、もうどこもかしこも燃えている状態になった時、ネイトは青い炎を見た。


ケーキ屋を手伝っているネイトは、ドライフルーツの仕上げにブランデーをかけて燃やすことも任されていた。

お酒をかけた時の炎は青く燃えることを知っていた。

もしや、この青い炎はお酒によるものではないのか。

強いお酒、貴族の父親のために平民の店でプレゼントを買う、屑なはずの父親、完璧な変装で護衛もいない、プレゼントなのにリボンを捨てた、母に着けてこいと強請《ねだ》った髪留めに付いていた何かを包んだガラス玉、燃える屋敷。

少しずつの違和感が重なり、無意識に母の危険を察し、ネイトをここまで走らせたのだろう。

ネイトはその青い炎に向かって走る。

息が苦しくなってきたことも気にならなかった。

その部屋は青い炎に包まれていて、3人の大人が倒れていた。

そのうちの2人、一組の男女は服装からしてミルズ子爵夫妻の可能性が高い。服もほとんど燃えていなく、身体に焼けた跡もないのになぜか意識なく倒れている。

自分の父をこんなかたちで初めて見るとは思ってもいなかった。

使用人が助けに来ないのは2人の日頃の行いの結果だろうか。

そして、もう1人はネイトの母だ。

上半身が黒焦げに燃えてしまっているその人は、真っ黒になっていても、ネイトには大好きな母だと分かった。

まだ燃えていない足元を見ると履《は》き古した母の靴を履いている。

倒れている母の頭、髪留めを止めていた場所に、母の頭や周囲が焦げて燃え尽きていても消えない火の玉があった。

あの髪留めに付いていたガラス玉だ。

ネイトは思わずその火の玉を握りしめた。無意識だった。両手で火の玉を握りしめ、その手を顔に押し当てる。

なんとか火が消え火傷でドロドロになった手を開くと、手の平から小さな魔道具が出てきた。

後にその魔道具を調べた時、そのまま見ているだけだったらその魔道具は燃え尽きて消えてしまっていただろうと言われた。

ネイトは母を連れ出すことは諦め、倒れているミルズ子爵夫妻をそのままに、屋敷の外に向かって走り出した。

入る時にはいなかった柄の悪い人たちを見かけたが、後になって思うと、その人たちは火事場泥棒だったのだろう。

燃える屋敷の中で出口を探し、燃え上がる大きな窓から外を見ると、数人の使用人と共に庭から屋敷を見上げている少女が見えた。

皆が燃える屋敷を見ていることで、少女には注目していないことが分かっていたのだろうか。金髪に赤い瞳のネイトにそっくりな顔をしたその少女は、燃え盛る屋敷を見上げ、笑っていた。

ネイトは焼けただれた手で、ズボンのポケットに入れた魔道具を触る。

異母妹はミルズ子爵夫妻を殺すために屋敷に火を付け、その火事の火元に母が選ばれたのだと理解した。

全てネイトの記憶や印象が元の憶測だけで証拠はこの魔道具以外何もない。

酒屋での遭遇が異母妹だったと思ったのは思い込みかもしれないし、炎が青かったことも偶然かもしれない。この火の玉になっていた魔道具だって、火事の火種ではないかもしれない。

それでもネイトは異母妹の犯行だと確信していた。

こんなあやふやな供述だけで平民のネイトが貴族令嬢の異母妹を糾弾《きゅうだん》することはできない。しかも異母妹はまだ9歳だ。

9歳の少女が計画して自分の両親を殺したのだと言って信じて調べてくれる人がいるだろうか。

ネイトは魔力を持っている。両親共に貴族の異母妹も魔力を持っているはず。同い年の異母妹とは16歳になれば魔法学園で必ず会うことができる。その時に復讐しよう。母と同じように異母妹の頭に火を付け燃やしてやろう。

顔と両手に深い火傷を負ったネイトは、異母妹への復讐を決意し母のいない家へ帰った。

夜になっても、翌朝になっても、もちろん母は帰ってこなかった。

昼になると大家が家の中に勝手に入ってきて、ネイトが火傷を負っていることも見て見ぬふりをし、子爵邸から母の焼死体が出てきたことを教えてくれた。

そして、ネイトは孤児院へ行けと言われ、大家によって家を追い出されてしまった。母の家財や財産を奪うために大家は幼いネイトを追い出したのだ。

追い出される時に抵抗したネイトの手には、ケーキ屋の給料を貯めていたネイトの貯金箱一つしかなく、母が大切にしていたものたちは一つも持ち出すことができなかった。

今まで笑顔で母とネイトに話しかけてくれていた大家の豹変に傷つき、もしも優しいケーキ屋の夫婦まで豹変したらと思うと、ケーキ屋へ行くことができない。

ネイトは叔母の元へ行こうと決め、碌《ろく》に火傷の手当もしないままリーブス辺境伯領へ向かった。

母の遺体がどうなっているのかが気がかりだったが、10歳のネイトにはどうしようもなかった。

◇◆◇◆◇

それから時は流れ、12歳になったネイトは今、ロートンで突然再会した異母妹に無理やり馬車へ乗せられ王都へ向かっている。

ヒントは沢山あった。

子爵邸の火事と同時期にジョンストン公爵家に引き取られたメリッサとネイトと同い年の令嬢、金髪に赤い瞳、周囲を欺《あざむ》きメリッサを陥れた狡猾さ、幼い子供なのに人情味のないその不気味さ。

メリッサが怯えていたアメリアが、ネイトの異母妹だと気付いていなかった自分の迂闊さが悔しくて、拳をぎゅっと握りしめる。

最近は、異母妹への復讐心を捨て、メリッサと共にテルフォート帝国の魔法学園へ通う自分を想像することもあった。そんな自分の甘さが招いた落ち度だ。

魔法学園で焼き殺そうと思っていた相手と再会したのだ。自分の目的には近づいた。

ただ、アメリアがなぜ自分と同じ顔をした男を嬉々として誘拐しているのか、その理由が分からず不安になる。

馬車の中でメリッサへの決別の手紙を書かされたネイトは、横に座る従者に前髪を上げられてアメリアに顔を観察されている。

「昨日までお前の親戚を訪ねてメリッサとリーブスへ行っていたのよね。この瞳の色でこの顔、お前、リーブス辺境伯の庶子なの？」

思いもよらない問いかけに返事を返せないでいたネイト。

「……まぁいいわ。ウォルト、リーブス辺境伯の子を全員調べてくれる？」

返事のないネイトを無視して、ネイトの隣に座っていた従者へ指示を出すアメリア。

ウォルトとはこの従者の名前らしい。どうやらアメリアはネイトをミルズ子爵の子ではなく、なぜかリーブス辺境伯の子だと勘違いしているらしい。

「ネイト、お前は今から私の従者になるの。前髪は下して周りには顔を見せないように注意しなさい。ただ顔を隠して従者として働くだけでいいわ。何をしても私には間抜けなことだけは理解しなさい。メリッサやあのロートンの人間が大切なら余計なことはしないようにね。……予想とは違ったけどいい拾い物をしたわ」

アメリアはそうネイトに伝えると、手に持っていた本を読みだす。

もうネイトには興味がないようだ。

ネイトの母を殺しただけでなく、メリッサの居場所や家族も奪ったアメリア。

メリッサが受けた心の傷を思うと、ただ殺すだけでよいのだろうかと迷いが生まれる。

アメリアの隠している裏の顔を、騙されている者たちに晒してやりたいと思う。

ネイトが王都のジョンストン公爵邸へ連れてこられ、アメリアの従者となり働きだした1週間後、公爵邸の回廊でジョッシュを見かけた。

いつも穏やかな笑顔で優しいジョッシュ。男らしくも根は優しいケーキ屋の主人が父がわりなら、ジョッシュのことは祖父のように思っていた。

思わず駆け寄ってしまいたくなったが、アメリアの言葉と自分の目的を思い出し、ネイトは必死にジョッシュを無視する。

心配そうにこちらを見ていたジョッシュが、しばらくして用事が終わったのか去っていく。

その後ろ姿が小さくなって見えなくなるまで、ネイトはジョッシュの後ろ姿をずっと見つめていた。


その後、ネイトはなんとかしてウォルトがアメリアへ渡していた報告書を盗み見た。

ミルズ子爵の母親とリーブス辺境伯の母親が姉妹で、その姉妹とリーブス辺境伯の瞳の色はネイトと同じ青緑色ということは、貴族年鑑で調べて分かっていた。

ミルズ子爵の従兄弟のリーブス辺境伯には辺境伯夫人が産んだ子息以外に10人の隠し子がいるようだ。ミルズ子爵と同じ屑の血を感じる。辺境で調査していた人間の字が悪筆なせいで読みづらいのだが、その10人の庶子の中に「N●●●」という男子がいる。

文字が汚く頭文字のNしかはっきりと分からない。どうにか考えるとネイト、ニール、ニック、ノエル、ノアのいずれかに見える。

しかも報告書によると偶然にもネイトと同い年で母親はすでに亡くなり母方の親戚がリーブス辺境伯家で働いているらしい。

正確な名の分からないリーブス辺境伯の庶子である再従兄弟《はとこ》と、悪筆な調査官のおかげで、アメリアはネイトがその再従兄弟だと勘違いしたようだ。

ネイトがミルズ子爵の庶子でアメリアの異母兄だとバレることはなかった。

◇◆◇◆◇

ネイトがジョンストン公爵家へ連れてこられてから半年が経ち、春になるとアメリアはウェインライト王国の貴族学園に入学した。

メリッサは王都のジョンストン公爵家へ戻されることはなく、テルフォート帝国の貴族学園へ入学したことにネイトは胸を撫でおろす。

もちろんメリッサには会いたい。本当は会いたくて会いたくてたまらないのだが、メリッサは王都へ戻されない方がいい。

アメリアの従者として働くなかで、冷酷で知略に長《た》けるアメリアの姿を見ていると、あの真面目で勤勉で心優しいけれど少し抜けたところがあるメリッサが、茶髪のカツラを被っただけでアメリアの目をごまかせるとは到底思えない。

メリッサがテルフォート帝国でピアニストになるためには、ジョンストン公爵家へ戻ってきてはいけないのだ。

アメリアはネイトのことをリーブス辺境伯の庶子の再従兄弟、ノアだと思っている。

あの報告書の悪筆を見た第一印象はノアだったので、ネイトは心の中で彼をノアと呼んでいる。

報告書によるとノアはリーブス辺境伯邸で育ち、母親が亡くなった9歳から行方不明だと書いてあった。

本物のノアがアメリアと同じ貴族学園に入学していないようにとネイトは祈った。

アメリアはネイトのおでこに残る火傷跡を見ても何も言わない。

アメリアが火傷跡からミルズ子爵邸の火事を連想しないことをホッとすると同時に、アメリアのことを過大評価し必要以上に怖がり恐れているようで情けなくなる。

ロートンで聞き込みをしたら、ネイトがロートンに来た当初は顔と両手に火傷があったことも分かるはずなのだが、あのノアの報告書一枚でネイトの裏どりを終わらせたあたり、アメリアにとってネイトは自分と同じ顔をしていることに意味があるだけの取るに足らない相手のようだ。


メリッサやロートンの人たちのことはあっさりと忘れ、田舎町ロートンではなく王都のジョンストン公爵家で働くことができてよかった、給料が上がって嬉しい、アメリアお嬢様が本当は性格が悪いのを知っているけど怖いから黙っていよう。

ネイトはそんな薄情で愚鈍《ぐどん》な男を演じ、ジョンストン公爵家で従者をしている。


王都へ来てから半年間は、どこに行くにもアメリアに連れ回されて観察されていたが、最近は問題ないと判断されたのかアメリアと行動を共にしないことも増え、アメリアとウォルトから監視されている空気がなくなった。

ネイトはジョンストン公爵家の全てが好きになれない。

アメリアはジョンストン公爵、メリッサの祖母や兄への定期的なごきげんとりを欠かさず、今のジョンストン公爵家はアメリアを中心に回っている。

ジョンストン公爵家の人たちは、誰も、メリッサの話をしない。アメリアがメリッサのために魔力操作の訓練をしないことを誰も気に留めることすらないのだ。

ロートンに来たばかりの頃の、王都へ帰るために毎日一生懸命魔力操作の訓練をしていたメリッサを思い出すと、ネイトは怒りで歯を食いしばってしまう。

そしてメリッサのことを思うと、ネイトがアメリアと王都に来たことで傷つけてしまったことへの罪悪感で心が押しつぶされそうになる。

アメリアが貴族学園へ行ってから、周りの目がなく自由に動ける時間を作れるようになったネイトは、周囲を盗み見てこっそりとメリッサへ手紙を出せるようになった。

メリッサへの手紙は、隙ができたらいつでも出せるようにと常に胸ポケットに忍ばせているせいでしわだらけになってしまう。

従者として働きながら、アメリアの罪や裏の顔を明らかにして糾弾するにはどうしたらよいだろうかと考える日々。

深刻な話の中でもふざけて場を和ませるジョッシュと意外に鋭いローズ、意見をまとめることが上手なメリッサ。ここに3人がいたら良い解決方法や建設的な意見を出してもらえたかもしれないと思ってしまうが、人を殺す計画に大切な人を巻き込むことはできないと、誰にも明かさずやると決めたのは自分だ。

悩んだ結果、叔母にも言えなかったのだから、ネイトは一人で頑張るしかない。

燃えたミルズ子爵家に何か証拠が残っていないか調査する、あの火事の時に偶然壊れていた大型の放水魔道具と火種だと思われる魔道具を解析する、録音魔道具と自白魔道具でアメリアに罪を認めさせる。

ネイト一人ではこんな方法しか思いつかない。

録音魔道具と自白魔道具は、簡易なものと証拠に使える正式なもの、2種類あるのだが、録音魔道具の簡易版はネイトのジョンストン公爵家の給料1カ月分、正式版は約1年分もの値段がする。

自白魔道具に至っては簡易なもので給料2年分、正式な証拠に使えるものは給料5年分で、しかも録音魔道具も自白魔道具も再利用できない1回だけの使い捨てだ。

高くて手に入れることが困難な分、まさか平民のネイトがその録音魔道具や自白魔道具を持っているとは思わないだろう。アメリアでも油断するはずだ。そこが狙い目。

できる限りお金を貯めて、魔法学園の卒業までに正式な自白魔道具を購入しよう。そして、国王陛下など王族がいる公式の場でアメリアへ自白魔道具を使う。ネイトは今から6年後の魔法学園の卒業式で自白魔道具をアメリアに使うことを目標にした。

アメリアの自白さえあれば、それを元にミルズ子爵邸の調査や魔道具の解析がされて、アメリアに罰が下される。そうなったら母の遺体を探し出し、お墓を作ってちゃんと埋葬しよう。そして帝国にいるメリッサの元へ行くのだ。

当初ネイトは、アメリアを母と同じように焼き殺そうと思っていた。

今は、アメリアの罪を明らかにしようと考えを変えた。

アメリアを殺して日陰者になるよりも、堂々とメリッサと生きたいと願っている。メリッサの存在が、ネイトに自分の手を汚さない復讐に変えさせたのだ。

目標を決めてからは、限界まで節約してお金を貯める日々。アメリアがネイトを手元に置いておきたい意味は、どんなに調べても分からないままだった。

アメリアはメリッサの元婚約者候補のクリストファーとは仲の良い友達止まりになるよう調整し、その兄エルドレッドの婚約者候補の令嬢ジャクリーンと自他共に認める親友として友情を深めながらその裏でエルドレッドとの親睦を深め、王妃と王妃の実家ケンブル侯爵家に阿《おもね》り、陛下に隠されている第三王子を探している。

第三王子の存在を聞かされた時、ネイトを馬車で拐《さら》った時にアメリアが言っていた「予想とは違った」とは、ネイトのことを第三王子だと予想していたのだろうと気付いた。

善人を演じていない素の時のアメリアは、ネイトではないもう一人の従者ウォルトに依存し、時折弱い顔を見せて何かと頼っている。

ウォルトはアメリアに頼られるたびに悦に入っている顔を隠さない。

9歳で人を殺した女に、恋をしたり人を愛する心があってたまるか。

アメリアが王子たちやウォルトと過ごしている時、ネイトは心の中でそう吐き捨てている。

アメリアのウォルトへの依存は演技だとネイトには分かる。

◇◆◇◆◇

ネイトが王都のジョンストン公爵邸で働くようになってから3年経った秋の初め、ネイトとアメリアの魔法学園入学まであと半年となった頃、ネイトはアメリアに命じられ、とある伯爵令嬢について調べていた。

アメリアは少しでも訳ありの気配がすると、令嬢だとしても、第三王子ではないかと疑うのだ。

王城の図書館へ通いつめ、王子の許可をもらい持ち出し不可の本を読むほど探究心が強いアメリアは、〝性別を変える〟、そんな物語に出てくるような魔道具を昔の王族が所有していたことを知っていた。

今調べている伯爵令嬢は、実は庶子で貴族学園入学前まで平民として働いていたという情報をウォルトがどこからか入手してきたのだ。

今日のネイトはその伯爵令嬢が働いていた喫茶店へ来ていた。

喫茶店の調査も終わりジョンストン公爵邸へ帰ろうと公爵家の使用人用馬車に向かって歩き

出したネイトは、突然、細い道から出てきた手に腕を引っ張られ、小道に引きずり込まれた。と、同時にネイトの脇からネイトにそっくりな人物が出てきて、元々ネイトが歩いていた道を何ごともなかったかのように歩いていく。

その偽ネイトは公爵家の馬車へ乗り込み、馬車は本物のネイトを残し走り出してしまった。

口を押さえられていたネイトは公爵家の馬車を見送ることしかできず、そのまま力ずくで別の馬車へ押し込まれてしまう。

紋章がなく、飾り気もない、その辺の乗合馬車のような見た目をしている馬車の内側は、ジョンストン公爵家で当主が使っているのと同程度の豪華な内装をしていた。

「手荒な真似をしてすまないね」

馬車の奥にはツヤのある紺色の前髪をサラリと揺らし、思わずぞくっとするような妖艶な笑顔でネイトを見つめる端正な美丈夫が座っていた。

アメリアに従って登城した時に遠くから見たことがある彼は、陛下とは年が離れた兄弟で、今はまだ20代半ばで独身の王弟コーネリアスに間違いない。

アメリアが「これが片付いたら後は伏兵ね」と言い、王太子と婚約した後に対峙することになる相手として〝伏兵〟と呼び、警戒している人物。

ネイトは慌てて跪《ひざまず》き頭を下げる。

「私は王弟のコーネリアス。ネイト君、顔を上げてくれるかい？　……さっきジョンストン公爵家の馬車に乗っていった君の偽者は、魔道具で姿を似せている王家の手の者なんだ。彼だったら充分あの毒婦の目をごまかせる。明日また今日のように入れ替えて君を公爵家に戻すから安心してほしい」


ネイトは突然の出来事に混乱して、なぜコーネリアスが自分に会いに来たのかの予想もつかず、「性別を変える魔道具だけでなく特定の人物に変身できる魔道具を持っているなんて、王族はなんでもありなんだな」などと関係ないことを考えてしまっていた。


「驚かせてしまったかな。……実は、私と兄上は王妃とその実家のケンブル侯爵家に手を焼いていてね、最近は毒婦の入れ知恵のせいかこちらが劣勢になっているんだけど、君と手を組んで一発逆転できないかなと思って声をかけたんだ」

毒婦とは間違いなくアメリアのこと。

どうしてネイトの復讐心にコーネリアスが勘付いているのかと、恐怖と興奮と期待とが混ざり合い、心臓がドキドキと激しく脈打つ。

「前髪を上げて顔を見せてくれるかな。君になりすました魔道具で一度確認はしているんだけど、念のためね」

ネイトは緊張で震える手で前髪を上げてコーネリアスを見つめた。

「うん。本当にあの毒婦と同じ顔をしているんだね。……ソニアさんはアメリア・ジョンストン、いやその時はまだジョンストンじゃなかったか。アメリア・ミルズに殺されたんだね？」

ソニアはネイトの母の名。なぜ知っているのだと驚くネイトは声を出せず、壊れた人形のように頷く。

叔母にはアメリアのことは言っていない。

自分のせいで姉が望んでいない男の愛人になっていたと悔やむ叔母に、その愛人を強要していた屑男の娘に母が殺されたのだとはどうしても言えなかった。

メリッサはネイトがひどい火傷を負っていたことも、貴族に強い恨みを持っていたことも、この国の魔法学園でやりたいことがあることも、アメリアとネイトがそっくりなことも知っていた。

メリッサならアメリアの両親の死とネイトの火傷とネイトの母の死が同時期だったという不穏さに気付くし、叔母に母が侍女をしていた侯爵家かミルズ子爵家の名前を聞けばアメリアとネイトが異母兄妹という事実にたどり着く。

メリッサだ。

「兄が側妃の産んだ第三王子を隠していることは知っているね？　君たちが必死に探している私の甥《おい》は今メリッサ嬢と仲良くしていてね、甥はメリッサ嬢からテルフォート帝国でピアニストになる計画を聞いたんだ」

ピアニストになる計画を明かしたほどにメリッサと第三王子が仲が良いと聞き、心に灯った嫉妬の炎を無理やり抑える。

メリッサと仲良くしているということは、第三王子はテルフォート帝国の貴族学園に入学していたようだ。確か、アメリアが手に入れた、どこぞの侯爵家が調べていた帝国の貴族学園についての報告書には碌な内容が書いておらず、メリッサの学園生活を確認できるかもと盗み見たのにがっかりしたことを覚えている。

「隠していた計画を教えてくれたメリッサ嬢に、甥は王族の自分が願書にサインをするからすぐにコンクールに応募すればいいって言ってしまったんだよ。もしも今年アポロン賞を受賞できなくても毎年サインをするからって約束までして、自分はウェインライト王国の隠された第三王子なのだと、兄にも私にも相談せずにメリッサ嬢に勝手に秘密をバラしてしまったんだ」

テルフォート国際音楽コンクールに15歳のメリッサが応募するにはジョンストン公爵かウェインライト王国の王族のサインが必要だ。

それが不可能だと判断したために今年の応募は見送り、テルフォート帝国の平民になった来年から応募しようと決めていた。

ウェインライト王国の第三王子にサインしてもらえるならメリッサは憂いなくすぐにコンクールに応募ができる。

「良かった……」

メリッサの吉報にネイトは自分のこの状況も忘れ、コーネリアスの許可もなく声を発していた。

「君たちは本当に思い合っているんだね。……甥がウェインライトの王子だって分かったメリッサ嬢はね、コンクールの願書のサインはいらないからネイトを助けてほしいって、甥に頼んだんだよ」

こみ上げてくる喜びと、メリッサへの恋しさで、ネイトの目の縁に涙が滲《にじ》んでいる。

「甥からの手紙で毒婦の名前を見た時はびっくりしたよ。メリッサ嬢が毒婦の義姉でクリスの元婚約者候補だったことすら忘れて、甥の手紙に出てくるただのかわいいピアニストのメルちゃんだと思っていたからね。

それで、君の話次第で、王妃とエルドレッドと毒婦の３人まとめて退場してもらえるんじゃないかなって思ってるんだ。

今は本当にこちらが劣勢だから、そのまま調子に乗ってもらおうとは思っているけど、そろそろ反撃を始めないといけないからね。兄にそろそろ重い腰を上げろと怒られてて困っていたんだよ……それじゃあ、ソニアさんとミルズ子爵夫妻の火事についての話をしてもらおうか」

コーネリアスはそう言ってネイトに話を促した。


突然予兆もなく現れたコーネリアス。

あのアメリアが付けた〝伏兵〟という呼び名がぴったりだと感心しながら、６歳で母と叔母の話を盗み聞きしたところから、酒屋でのアメリアとの遭遇、火事の日の朝に母が付けていたアメリア手作りの髪留め、フランベと同じ青い炎、母の頭で燃えていた魔道具、燃える屋敷を見上げていた9歳のアメリアの笑顔まで詳しく話した。

孤立無援で頑張っていた自分に強力な協力者ができた奇跡に興奮したネイトは、いつもより饒舌《じょうぜつ》だった自覚がある。


「なるほど。偶然が重なって毒婦の犯行に気付くことができたんだね。それなら、あの毒婦もまさかバレているとは思ってもいないだろう。

当時の調査はミルズ子爵のタバコの不始末と放水魔道具の故障が重なったとして簡単な調査だけだったようなんだ。幸いミルズ子爵領は当主不在として王族管轄になっていて、焼けた屋敷はそのまま残っている。こちらで調べよう。

その火傷をしてでも持ち帰った魔道具も預かっていいかな。明日ネイトくんが公爵家に戻った後、子飼いを派遣するから渡してほしい」


ネイトは首から下げていた小さな巾着《きんちゃく》袋に入っている魔道具を取り出す。

こうして火事の日から肌身離さず持ち歩いていたことで、大家に家を追い出された日も、アメリアに突然連れ去られた日も持ってくることができた。

今も公爵家の寮に置いておくことができず常に持ち歩いていたのだ。

「こちらです」

「驚いたな。持ち歩いていたのか。……見たところ簡単な作りだから改造もできそうだ。どんな魔道具かの解析もだが、魔力痕も解析しないとな」

魔道具は使用すると個人で異なる魔力痕が残るらしい。

魔力を持っていない平民でもちゃんと一人一人違う痕が残ると聞くので、まだ魔力が漏れ出していない幼い子供の魔力痕も残るはず。

「ネイトくん、話ができるのは今日だけかもしれないから、私から直接言っておこう。君の話をそのまま信じるわけにはいかないから、君の話の裏をとるまでは確定ではないと思って聞いてくれ。

テルフォート帝国に逃していた甥なんだが、王妃と毒婦のせいで帰国してウェインライトの魔法学園に入学しないといけなくなったんだ。あの毒婦が第三王子が見つからないことに焦《じ》れったくなって無理やりエルドレッドを立太子させる方針に変えたようでね、王妃に魔法学園の新しい教育方針案を提出させたんだ。

毒婦の元にいる君じゃない従者、今はウォルトと名乗っているようだね。あれは元王の子飼い見習いでね、見習い期間中に毒婦に奪われてしまったんだ。ウォルトの寝返りのせいで毒婦にあれほどの立ち回りを許してしまっている。こちらの失態だ。情けなくて本当に申し訳ない。王妃は兄に、甥に手出ししないと約束する代わりにエルドレッドの立太子を求めてきている。ネイトくんの話を聞いて、それに屈したふりをしてエルドレッドの立太子を約束してしまおうと決めたよ。そうしたらすぐにエルドレッドと毒婦は婚約するはずだ。長年婚約者候補だったジャクリーン嬢を降ろしたことでも顰蹙《ひんしゅく》を買っていたが、9歳で殺人を犯すような殺人鬼と婚約したのだと周知されたらエルドレッドは二度と立太子できないだろうね」

ネイトの復讐はいつのまにかネイトの手を離れ、王位の継承問題にまで発展してしまった。エルドレッドが退場してもまだ王妃の実家ケンブル侯爵家とクリストファーが残っているがアメリアさえいなくなればコーネリアスの敵ではなさそうだ。

「ネイトくんには1つだけやってほしい重要な任務があるけれど、それ以外はもうこちらでやるから大丈夫。さっきは明日ジョンストン公爵家に戻れると言ったけど、そうだな、方針を変えよう。ネイトくんがジョンストン公爵家に戻る必要はもうないかな。

とりあえずミルズ子爵領からの報告とこの魔道具の解析の結果次第ではあるけど、私はネイトくんの話に嘘はないと感じてる。

今日使ったあの特定の対象に姿を変える魔道具で王の子飼いがネイトくんになりすまして、毒婦から情報を引き出すことにする。あとで子飼いが君になりすますために色々質問に行くと思うから素直に答えてあげてくれ。

……あの毒婦は中身が早く大人になっただけで、見た目と中身が釣り合わない気持ち悪さが不気味に思えるだけなんだ。特段怖がる必要などないんだよ」

コーネリアスは戸惑うネイトの顔を見て、最後にアメリアは怖くないと言った。

自分の中ではアメリアを怖がっているのではなく突然の出来事に理解が追いつかず放心してしまっているだけだと思ったが、ネイトはコーネリアスへ頷いておいた。

「何か私に聞いておきたいことはあるかな」

コーネリアスのその言葉に、恐れ多いと思いつつ、ずっと分からない疑問があると聞いてみた。

「なぜ、アメリアは私を手元に置き続けるのでしょうか」

「うーん、そうだね……。あの毒婦と同じ考えだとは思いたくないんだけど、私は少し理解できるんだよ。

あの毒婦は自分しか愛せない人間だ。それは自覚していて、誰かを愛する未来など来ないとも思っているだろう。

毒婦はクリストファー、エルドレッド、ウォルトを手玉に取り、他にも自分へ好意を持たせることで操ってる男がいる。でも、決して身体は使わない。せいぜい口づけ程度のようだな。身体を使ったらもっと簡単にことが運べると分かっていてやらないってことは、そういう接触に嫌悪感があるんだろう。……内臓を侵食される性別では割り切ることは難しいのかもしれないね。子供を作らないといけないとなった時に、自分とそっくりなネイトくんとの行為ならマシだと感じているんじゃないかな。

それと、女の身で国を動かすのは難しい。今の王妃と同じように子供の保護者の立場を使うしかない。どうせなら子供が自分と同じ顔がいいとも考えていそうだ。

……将来、子供が必要になった時、相手には薬を盛るなり酔わせるなりしてごまかして実際はネイトくんの子供を身籠《みご》もる。そのために同じ顔のネイトくんを手元に置いていると、私は推測する」

アメリアと子供を作ることなど、言葉の響きだけでもゾッとする。

ネイトにはアメリアとそういう行為はできないという自信がある。

「薬を盛るか、どうにかしてネイトくんの子種さえ手に入れれば毒婦がネイトくんの子供を身籠もることは可能だよ。ネイトくんが異母兄だと分かったらどう出るのか。……いや、それでも構わないと考えそうだな。

これはどこにも根拠がない完全にただの私の推測だけど、そこまで間違えてない気がするんだよね」

そう言って苦笑いしているコーネリアス。

ネイトにはアメリアの考えなど理解できないが、アメリアが〝自分しか愛せない人間〟という言葉がしっくりきて不思議と納得してしまう。

王族として幼い頃からさまざまな知識をつけて、王家が代々隠し持つ特殊な魔道具や、王族に仕える密偵を使いこなしている落ち着いた大人のコーネリアス。

ネイトが６年かけて買おうとしていた自白魔道具のような高価な魔道具でも湯水のように使えるだろう。田舎町の子爵令嬢だった小娘のアメリアが勝てる相手とは思えない。

エルドレッドとクリストファーよりもずっと王族の特権を使いこなしているコーネリアス。

国王陛下がそれを許しているのだと気付き、陛下はきっとこのコーネリアスを次の王に見据えているのだろうと理解した。

〝毒婦〟対〝伏兵〟の戦いは伏兵が勝つとしか思えず、ずっとネイトの心のどこかにこびりついていた、あの燃える屋敷を見上げ笑っていたアメリアに対する恐怖が消えていく気がした。

7章　time to say goodbye

「国王陛下！　私はここで、第一王子エルドレッド殿下の婚約者、アメリア・ジョンストンが過去に犯した殺人について献言いたします！」

アメリアの新入生代表挨拶に乱入してきたネイトへ、一番最初に反応したのはアメリアだった。

アメリアがネイトに驚き目を瞠《みは》ったのはほんの一瞬で、瞬きするほどの一寸で周囲を見渡し王族が座っている特別来賓席を見上げ、ネイトの言葉が終わるのも待たずに出口へ向かって走り出した。

誰もがネイトの主張に驚き放心している刹那《せつな》、アメリアはステージ脇にいる警備の騎士を撒くためか階段ではなくステージの真ん中から背丈ほどの高さを飛び降り、一番近い出口へ向かって信じられない速さで客席の間を駆け上がる。

ミモレ丈の制服のスカートがめくれても構わず走るアメリア。

その綺麗な脚を見たのか、ブレイが「艶《なまめ》かしいな」と呟《つぶや》き、それを聞いたキャリーがブレイを睨む。

メリッサたちがこうして冷静に観察できているのは、アメリアの新入生代表挨拶を遮る形でネイトがアメリアを断罪することを事前に知っていたから。

メリッサたち以外の入学生やその保護者たちはこの状況についていけず、皆目を丸くして驚き、声を出すこともできないでいる。


「コニーが言った通り、本当に逃げ出した」

そうブレイが呟く。

コニーというのはブレイの叔父のこと。ただの叔父ではない、王弟コーネリアスだ。半年前の夏の終わり、メリッサが帝国で平民になってピアニストになる計画をブレイ、キャリー、ノアに打ち明けた時、ブレイは自分が第三王子なのだと明かしてくれたのだ。

『実は私がさっきキャリーが言ってた第三王子なんだよね。私が王族としてメルの願書にサインするから来月のコンクール受けなよ。メルのピアノなら絶対アポロン賞取れるって！』

そうブレイが言った途端、ピアノ自習室は地獄絵図となった。

ブレイが実は男かもしれないと理解したキャリーが叫び声をあげたからだ。

そこがピアノ自習室で、防音がしっかりしていたからよかったものの、普通の教室なら事件だと思われて誰かが駆けつけていただろう。

ブレイは普段からキャリーやメリッサに抱きついたり、肩や腕を組んだりと、身体に触れてくることが多かったのだ。

ブレイの接触の多さは貴族令嬢としては常識外れだったと言える。ネイトの火傷跡に触れて光魔法をかけていた経験があるせいかメリッサはあまり気にならなかったのだが、侯爵令嬢のキャリーは内心気にしていたらしい。

それだけでなく、ダンスなどの着替えが必要な授業では一緒に更衣室を使っていた。

ブレイはもちろん女子寮で、メリッサやキャリーの部屋に気軽に入ってきていた。

それらを怒ったキャリーに激しく詰《なじ》られ、よく考えるとブレイが悪いと気付いたノアとメリッサまで怒り出したところでブレイは性別を変える魔道具を外し、女子の制服姿で私たちに平伏した。

その王族とは思いたくない平伏姿を見た3人は、ブレイは本当に第三王子なのかと疑ったが、顔を上げたブレイは確かに美少女から美少年に変わっていた。

その平伏のおかげで3人はブレイに対して変に畏《かしこ》まることもなく、オーブリー殿下ではなくブレイとして4人の友情が続いている。……はずだ。

キャリーはまだブレイの痴漢行為に怒っているが、ブレイの伝手で魔法学園卒業後にウェインライト王城で雇ってもらえることになり、テルフォート帝国で平民になることなくこのウェインライト王国の魔法学園に入学できたことはブレイに感謝しているようだ。

「コーネリアス殿下が言った通りってどうい……」

メリッサがブレイにそう問いかけたのと同時に、アメリアは出口付近で待ち構えていた騎士に捕まった。

丸腰にもかかわらず3人いた騎士のうち1人を牽制して突破していたアメリアは体術も優れていることが分かる。

「ネイトがあの宣言をできた時点でおかしいんだって。普通はステージに上がる前に騎士に止められるし、ネイトを見ても騎士が動く様子がないなら、この場にいる頂点の王族があらかじめ許してるって推測できるから、コニーは自分なら逃げの一択って言ってた」

考えてみると確かにそうだ。王族や国内外の貴賓が見ている場で、未だにネイトが拘束されずにステージ上で立っているままのこの状況はおかしい。

アメリアが来賓席の王族を見上げたのは、この状況を許しているのが誰か確認したかったからだろう。

それが国王陛下だと気付き逃げるしかないと、ほんの一瞬で判断したのか……。


「逃げ出したということはアメリア嬢には心当たりがあるということかな？」

騎士に後ろ手を掴《つか》まれたアメリアがステージへ戻され、陛下がアメリアに問いかけたが、アメリアは陛下を無視してネイトを見て考え込んでいる。

王妃とエルドレッドの様子を確認すると、陛下の横で困惑を隠すことなく戸惑っていた。

メリッサは王子妃教育で常に冷静であれと習ったが、同じ教育を受けた王妃が人前でここまで表情を崩した姿は今まで見たことがない。

エルドレッドはアメリアの名を呼びかけているが、アメリアは目線を向けることすらなく無視している。


「黒髪の君の話を聞こう」

陛下がネイトに話を促すと、アメリアが笑い出した。陛下に話を許されたのはネイトなのに、アメリアが話し出す。

「ふふふ、朝からどこか違和感があったのはこれね。表情が見えないから見逃していたみたい。前髪でネイトの顔を隠していたのは悪手だったわね。半年前までのメリッサに未練タラタラな感じに戻ってるってことは、昨日までの私に欲情してたネイトは偽者で、半年くらい入れ替わっていたということかしら」

だんだんとアメリアの表情が抜け落ちていく。

声は笑っているのに、感情のない美しい顔は、まるで精巧に作られた人形のようで不気味だ。本来は守られるべき美少女が騎士に後ろ手を掴まれているという非現実的な状況も相まって、薄気味悪い。

「声や耳の形までズレなく一致してたってことは魔道具かしら。私が知らない魔道具ってことは伏兵の仕業《しわざ》ね。伏兵の趣味が魔道具作りや改造だってことは知っているわ」

糾弾する前から話し出したアメリアに陛下やネイト、メリッサたちですら戸惑い、アメリアの本性を知らなかった人たちに至っては混乱している。

誰もアメリアの独擅場《どくせんじょう》から目が離せない。

「この場でここまでするってことはもう証拠も押さえているのでしょう？　伏兵が絡んでいるならウォルトでは逃亡の幇助《ほうじょ》は不可能。逃げられないなら取り繕っても無駄だもの。変に黙っていて自白魔道具を使われたら嫌だし。あれ、どの本でも副作用のつらさについてしつこく書いてあるのよ。１カ月以上も頭痛と吐き気が続くなんて耐えられないわ。まぁ１カ月処刑なしで生かしておくかは知らないけど。

私に似ているネイトが断罪したいってことは、誰のことかしら。メイジー、シリル、ソニア、……そうソニアなの」

メイジーはメリッサの元侍女。シリルとウォルトとは誰だろうか、メリッサには分からない。そしてソニアはネイトの母の名だ。

前髪を上げているネイトの表情を読み、ソニアという名に反応したのに気付いたのだろう。

「そのおでこの火傷跡、あの火事の現場にいたのね。どうして私の犯行だって分かったのかしら……」

「自分の犯行だと認めるんだな」

「だって証拠はあるのでしょう？　待って、証拠は何かまだ聞きたくないわ。どうしてこうなったか解き明かすくらいしかもう楽しみはないんだもの。せめて推理したいの」

「ふざけるな！」

ネイトが叫ぶ。

母親を殺した犯人が、それを追及されている断罪の場ですら楽しもうとしているのだ。無理もない。

「ネイトはチェスターとソニアの子供だったのね。ネイトもミルズ子爵領に住んでいて火事で何かを知り火傷した。……おでこの火傷跡を隠そうと前髪を伸ばしてたと思ったのよね。前髪を伸ばしてる理由だけじゃなくてなぜ火傷跡があるのかまで考えなかったのが失点1。

ネイトは火事の後ミルズからロートンへ行った。ミルズからリーブスへ行く途中にロートンがあるからリーブスに親戚がいたことは本当ね。報告書が悪筆だったとはいえネイトをリーブス辺境伯の庶子だと勘違いして裏どりを簡単に済ませてしまったところが失点2。

この半年のネイトが偽者だって気付けなかったことが失点3。

ネイトと伏兵との繋がりが見えないのよ……。

その不自然におでこにだけある火傷跡。他の場所はメリッサの光魔法。ミルズで火傷を負った男が元ミルズ子爵令嬢の私にそっくりだったらメリッサでも勘付くわね。メリッサと伏兵に繋がりがあったとは思えないから同い年の第三王子。第三王子はテルフォート帝国にいたのね。

……こうなるとそもそも、メリッサをジョンストン公爵家から追い出したことが大きな失点だったのかしら」

チェスターというのはネイトとアメリアの父、ミルズ子爵の名前。メリッサはブレイを通じてコーネリアスからの情報を得ていたが、アメリアはネイトをノアだと勘違いしていたらしい。メリッサたちと同い年のリーブス辺境伯の庶子はノアのことで、ノアはネイトとアメリアの2人と再従兄弟だったのだ。

その偶然と意外な繋がりにメリッサは驚いた。

この会場でアメリアの言葉の意味が分かるのはメリッサやネイトなど、この断罪を事前に知っていた者だけだろう。魔法学園の入学生やその親たちは、意味が分からないが不穏な雰囲気と陛下が黙っていることで静かに見ている。

「先ほどから〝伏兵〟って言っているのはもしかして私のことかな？　王族の私に最下級の兵士の渾名《あだな》を付けるなんて恐れ知らずだね」

ステージの脇から人が良さそうな笑顔で出てきたコーネリアスをアメリアが睨む。

「ネイトくん、毒婦のペースに乗せられたらだめだ。ちゃんと皆に分かるように説明しないと意味がない」

コーネリアスがネイトを促し、ネイトは陛下に向けてあらかじめ決めてあった台詞《せりふ》を話し出した。

「私はネイトと申します。私の母は10年前に爵位を返上したクロフ男爵家の長女ソニア・クロフです。母はこちらにいるアメリア・ジョンストンの生家ミルズ子爵領にあるミルズ子爵邸で侍女として働いていました。アメリアの両親であるミルズ子爵夫妻は子爵邸の火事で亡くなりましたが、その火事のもう一人の犠牲者は私の母ソニアです。

私は燃え盛る子爵邸を見て、母を助けようと飛び込みました。激しい炎の中で、一部屋だけ青い炎で燃えている部屋があり、その部屋に入ると、逃げようとしていた形跡もなく火傷もない状態で気を失っているミルズ子爵夫妻と、上半身が黒く燃え尽きた母が倒れていました。母の後頭部には火の玉があり、周りが燃え尽きていても消えていない異常さに私はその火の玉を握りこみ消火すると小さな魔道具が出てきました。

母はその燃え続ける魔道具があった位置に、いつも髪留めを着けていました。火事のあった日の出勤前、母の髪留めには大きな青いガラス玉の飾りが付いていて、母はその髪留めはアメリアからもらったもので、必ずその髪留めを着けてくるようにとアメリアからねだられたと言っていました。

それから5年が経ち王弟殿下とお話しする機会を得た私は、長年抱いていたこの火事への違和感を王弟殿下へ相談させていただきました。親切な王弟殿下は母の亡くなった火事について再調査をしてくださったのです」


アメリアはネイトの話の途中からつまらなそうにしていた。

表情のない美しい顔は冷酷で無慈悲な印象を与える。普段のアメリアは常に表情を作っていたのだろう。


「ネイトくんが握りしめて火を消したこの魔道具からはアメリア嬢の魔力痕が出た」

ネイトの話を受けたコーネリアスが話し出す。その後ろには周囲に見えるように小さな魔道具が入っている袋を掲げているコーネリアスの従者がいる。

「解析の結果、これは簡単な着火魔道具で、遠隔操作で起動する改造と、起動後は本体に火が付き着火機能を繰り返し続ける改造を施してあるのが分かった。魔力痕がアメリア嬢のみのため、起動も改造もアメリア嬢がしたと思われる。

ソニアさんのご遺体の頭部からもこの着火魔道具の痕跡が出たことで、少なくともソニアさんはアメリア嬢が改造した着火魔道具により亡くなったと証明された。

ソニアさんとミルズ子爵夫妻のご遺体が発見された現場を詳しく調査したところ、お酒に引火した後の反応が出た。お酒に火が付くと通常の赤い炎より温度が高くなり青くなることから、青い炎を見たというネイトくんの証言とも一致する」


コーネリアスの従者は、次は茶色い瓶が入った袋を掲げている。

「これは現場近くの部屋に残っていた酒瓶だ。ミルズ子爵邸が購入していた酒類よりも数段劣るブランデーの瓶で、子爵邸が契約してた商会の購入記録にも残っていなかった謎の酒瓶。火事で燃えた後に6年も野ざらしで放置されていたせいか、この酒瓶自体には誰の痕跡も残っていない。それでもこのブランデーはミルズ子爵領だと1軒の酒屋しか取り扱いをしていないと分かり、そのお店へ話を聞きにいった。……アメリア嬢、このリボンは覚えているかな？」

コーネリアスの後ろで瓶を提示していた従者が、今は赤いリボンが入った袋を掲げている。

「あぁ、その余計な飾り、煩わしいからすぐ捨てたのだけど、捨てたのが近所過ぎたわね」

「そうなんだ。酒屋の店主は配達途中にこのリボンとおまけのチョコレートが八百屋さんに捨てられているのに気付いたらしいよ。6年も前のことをまだ覚えてて執念深いとは思うけど、不義理した君が良くない。酒屋さんの親切を無下にしたのも大きな失点だったね」

アメリアはとくに悔しそうにすることもなく、コーネリアスと軽いやりとりをしている。声が聞こえていなければ、２人で天気の話をしていると言われても信じてしまいそうな穏やかな雰囲気だ。

「私の部下が酒屋の主人に話を聞くと、ミルズ子爵邸で火事があった時期にこのブランデーが売れたのは１本だけで、幼い女の子に売ったことも、親切に巻いたリボンとおまけであげたチョコレートが近所に捨てられていたことも覚えていた。このリボンは再利用しようと仕舞い込んで忘れていたそうだ。

そのおかげでこのように綺麗な状態で残ってたリボンからは酒屋で働く者たちと、アメリア嬢の指紋が出てきた。

これらの証拠から、６年前のミルズ子爵邸の火事はアメリア・ジョンストンが計画して起こし、少なくともソニア・クロフはアメリア・ジョンストンが直接殺害したと断定できる。

燃え尽きた子爵夫妻の遺体には外傷がないものの、睡眠薬を使用されていた痕跡が出てきた。陛下、その睡眠薬を使用したのかアメリア・ジョンストンに問うため、自白魔道具の使用許可を請求します」

アメリアはつまらなそうにコーネリアスを見ている。

嫌がっていた自白魔道具も結局は使われることを予想し、すでに諦めていたのだろう。

「アメリア・ジョンストンが6年前にミルズ子爵邸を放火し、ソニア・クロフを殺害したと断定する。アメリア・ジョンストンを拘束せよ」

陛下がそう命じると、アメリアの手を掴んでいた騎士がアメリアの手を後ろから前面に持ち直し、アメリアは両手首を繋ぐ拘束具を着けられた。これでアメリアは魔法の発動もできない。

アメリアは騎士によって連行されてゆく。自白魔道具はコーネリアスの立会いのもと騎士団の取調室で使用する予定だ。

「どうして母さんを殺したんだ」

ステージから降りる直前のアメリアへネイトが問いかけた。なぜ自分の母は殺される必要があったのか、せめてその動機を本人から聞きたかったのだろう。

メリッサはアメリアは無視すると思ったが、意外にもアメリアは足を止めてネイトへ顔を向け話し出した。

「『公爵家のババアに髪色を変える魔道具さえバレなければ、私がジョンストン公爵夫人だったのに』『ババアに公爵家を出禁にされてなかったら、あんたを餌にエリシャの後釜を狙えたのに』ってベリンダが言ったからよ」

ベリンダとはメリッサの母エリシャの妹で、アメリアの母の名前。

「調べたら、母方の祖母のダリアと伯母のエリシャが私と同じ金髪で赤い瞳で、ダリアに執着してるジョンストン前公爵夫人がジョンストン公爵とエリシャの結婚を決めて、エリシャはすでに亡くなっていて、エリシャの娘のメリッサは茶髪碧眼だって分かったの。その時にひらめいたのよね。

金髪で赤い瞳のダリアに執着してる前公爵夫人が私の存在を知ったら、メリッサより私を気に入るはずってね。チェスターとベリンダが死んだら親戚としてジョンストン公爵家から誰かが葬式に来るだろうから、ジョンストン公爵家に入り込める。そうすればメリッサの立場を乗っ取れるだろうって。

その時はそう思ったのに、結局公爵家からは誰も葬式に来なかったのよ。9歳の考えなんて所詮《しょせん》そんなものよね。手間取ったけど、その後、親戚伝いに私の容姿をジョンストン公爵家に伝えてもらったらすぐに迎えにきたから良かったけど。

……ソニアを選んだことは、ただの偶然よ」

アメリアはそう言うと、もうネイトに興味がなくなったのか、騎士に連行されホールから出ていった。

少し前までアメリアが座っていた客席の隣に座っている父と祖母を見ると、2人はこの状況についていけないのか、アメリアが去っていった出口を見て放心していた。

◇◆◇◆◇

「新入生の諸君、入学おめでとう」

呆気《あっけ》に取られ言葉を忘れていた周囲が我に返り騒めき出した頃、陛下が立ち上がり新入生に向けて話し出す。

「今の騒動を見た君達は、今まで同級生として共に研鑽を積んでいた彼女の犯行に驚き、そして彼女の本性を見抜けなかったことに不安を覚えたかもしれない。きっと彼女が魅力的に見えていた人もいただろう。それはしかたない。彼女は人が欲することを見抜き、与えることに長けていたからだ。

彼女は怪物だ。良心はなく、平然と嘘をつき、人を操り、陥れていた。

でも彼女には仲間はいなかった。いたのは操っていた駒だけだ。だからこうして捕まりこれからその罪の報いを受ける。

君たちには彼女にはない良心があるはずだ。その良心で他者を思い、互いに助け合えば仲間を作ることができる。もしもまた彼女のような怪物が現れたとしても仲間がいれば立ち向かうことができる。皆にはそんな仲間をこの学園で見つけてほしい」

「いい感じに言ってる風だけど、これでごまかせると思ってるのかな」

陛下の話の最中、ブレイが小声で話しかけてくるが、もちろんメリッサは返事をしない。

「ここで、私が君たちの入学祝いとして招待した国賓を紹介しよう」

陛下の言葉と共にステージは消灯し、客席の一番後ろに座っていたメリッサに魔道具でスポットライトが当たった。

メリッサはゆっくりと立ち上がり王子妃教育で叩き込まれた完璧なカーテシーをした。

ブレイの痴漢行為のお詫びとしてコーネリアスから贈られた青緑色のドレスが、まるで陽の光を浴びたロートン湖のようにキラキラと反射し、あの温かいロートン領主館の皆を思い出させる。

「テルフォート帝国から招いた宮廷音楽家メリッサ・テルフォーツ嬢だ。本来、今日の彼女は帝国の魔法学園の入学式だったのだが、入学前に魔力操作を終わらせるほどの優秀さゆえに1週間の入学延期を認められ、今日この日に我がウェインライト王国へ招待することができた。……メリッサ嬢、我が国の入学生の皆へピアノの演奏をお願いする」

今のメリッサはもうメリッサ・ジョンストンではない。

昨年秋のテルフォート国際音楽コンクールでアポロン賞を受賞し、テルフォート皇帝所有の宮廷音楽家メリッサ・テルフォーツとなったのだ。

「お手をどうぞ」

エスコートしてくれるのはウェインライト魔法学園の男子の制服を着ている第三王子オーブリー殿下。

メリッサがステージに移動するまでの間で消灯しているステージにピアノを設置するため、なるべくゆっくり歩くよう事前に言われている。

ブレイのエスコートでステージへ向かって歩いていると、アメリアが出て行ったのとは別の入り口からジョッシュとローズが入ってきたのが見えた。

ローズはすでに泣いている。メリッサの晴れ舞台とネイトの入学式のために招待していたのだが、彼らがいることでアメリアに違和感を与えないようにとホールへ入らず別室で控えてもらっていたのだ。

メリッサの金髪を纏めている青緑色のリボンも光に当たり、ロートン湖のように輝いているのだろうか。

本来はこのような場で着けるようなリボンではないのは分かっているが、メリッサにとってはどんな宝石よりも、そう、タンザナイトよりもずっと価値があるのだ。

「エリシャ」

「ダリア」

父と祖母が呟く声が聞こえたが、メリッサはそちらへ目を向けることはない。

なぜならステージの上でネイトが待っているからだ。

メリッサがステージへ上がる階段に差しかかるとステージに光が灯り、ピアノと共にネイトが現れた。

ブレイからネイトにエスコートが代わる。

「メリッサ。綺麗だ」

3年半ぶりのネイト。

メリッサと同じくらいだった背は頭1つ分高くなり、メリッサを呼ぶ声は記憶よりずっと低く変わっているが、ロートン湖と同じ青緑色の瞳と手の温かさは変わらない。

メリッサはネイトに微笑み応える。


「ありがとう。ネイトもかっこいいよ」

ネイトがアメリアと同じ顔でもメリッサは気にならない。

メリッサは父や祖母がなぜ母エリシャや祖母ダリアの外見にこだわるのかが分からない。

もしも、今、ネイトが死んでしまって、ネイトそっくりな人が現れたとしても、そのそっくりな人をネイトの代わりに愛することなどない。

それは代わりにする人にも、愛していたネイトにも失礼だ。


ネイトのエスコートでステージの真ん中、ピアノ付近まで差しかかった時、客席の一番手前の真ん中から声がした。

「陛下！　メリッサがメリッサ・テルフォーツとはどういうことでしょうか？　私はジョンストン公爵としてメリッサの除籍を認めた覚えはありません」

父が陛下に問いかけている。

以前ローズが予想したとおり、父は母と同じ金髪に変わったメリッサに母を重ねたようだ。

メリッサはここで初めて父の方を向いた。


「メル、大きくなったわね」

祖母が話しかけてきたがメリッサは無視する。

祖母にとってのメルはアメリアで、メリッサのことではない。

祖母ダリアと母エリシャはそっくりだったと聞いている。瞳の色以外は母に生き写しとなったメリッサは、瞳の色が赤ではなく青だとしても祖母にとって許容範囲内のようだが、どうでもいい。


「テルフォート帝国の宮廷音楽家になると、自動的に帝国の平民となり貴族籍からも抜ける。ジョンストン公爵家からの除籍にお前の許可などいらぬ」

「私はメリッサが帝国で宮廷音楽家になることを許可した覚えはありません」

陛下の説明に、なおも口答えする父。父の足掻きに心配になったのだろうか、ネイトがエスコートのために添えていたメリッサの手を握る。

安心してほしいと、メリッサもネイトの手を握り返した。

「国王の私が許可した。お前は私の決定に不満があるのか？」

メリッサのテルフォート国際音楽コンクールの願書は、恐れ多くも、国王陛下にサインをしていただいた。

ずっと存在を隠されていたブレイのサインでは父に難癖をつけられる可能性があるとコーネリアスが判断し、テルフォート帝国と揉めないためにもと、絶対に父が反論することができない国王陛下のサインを手配してくださったのだ。

「そもそも、メリッサ嬢は昨年の秋に帝国の宮廷音楽家となり貴族学園を中退している。もう貴族籍はない。お前はメリッサ嬢の貴族学園の卒業式に参加しなかっただけでなく、卒業証や貴族籍の確認すらしていなかったのだろう。

……メリッサ嬢は11歳の誕生日直前に王都のジョンストン公爵家から追い出され、田舎の領地へ行き、それから5年もジョンストン公爵家の家族とは没交渉だったと聞いている。5年も顔を合わせず放置し、貴族学園の中退にも気付いていなかったメリッサ嬢が、ジョンストン公爵家を出ていたとしてどこに問題があるのだ」

父は陛下の問いに答えられずおし黙る。

ここで素直にアメリアとの魔力反発の話をしたら、実子ではなく養子を優先していたことが明らかになる。しかもその養子は先ほど殺人罪で捕まった。

「返事がないということは認めたということだな。……せっかくお前の娘により悪くなった空気を変えようと国王である私自ら動いたというのに、呆れてものも言えない」

娘というのはアメリアのこと。殺人を犯していたアメリアを養子として迎え、実子をさし置きその殺人犯をエルドレッドの婚約者にしたジョンストン公爵家の未来は暗い。

メリッサは陛下と目が合った。優しく見つめてくれている陛下は、メリッサへ何か言うことがあるかと確認してくれているのだろう。

メリッサが父に言いたいことがあった時など思い出せないくらい昔のことだ。

父の一挙一動を気にして傷ついていた10歳のメリッサはもういない。メリッサは首を横に振った。

「ジョンストン公爵家の娘は過去の犯罪により捕まり、この魔法学園へは入学しない。その家族であるお前たちは退席せよ、と言いたいところだが、特別にメリッサ嬢のピアノを聞くことを許可しよう。自ら手放したものの素晴らしさを知り、自分たちの行いを後悔するがよい」

この場を用意してくれたのは国王陛下だ。

当初メリッサはテルフォート帝国の魔法学園の入学式に参加する予定だったのだが、メリッサがジョンストン公爵家とちゃんと決別した方がよいと考えた国王陛下が、帝国の皇帝陛下へ話を通してくれたために、メリッサは今日ここへ来ることができた。

父と祖母は生気が抜けた顔で着席した。

ここに兄はいないが、会えなくても悔いはない。母の死後は兄と父しかメリッサのピアノを聴いてくれなかったが、今のメリッサにはピアノを聴いてくれる人がたくさんいる。

もう父と兄が聴いてくれなくても平気なのだ。

メリッサはネイトが引いてくれた椅子に座り、ネイトがステージ脇に捌《は》けたのを確認し、鍵盤に手を添えた。

胸の中の余計な思いを追い出すようにゆっくりと深く息を吐き出し、演奏を始める。

曲は〝別れの時〟。

入学式での演奏としてはふさわしくないかもしれない。ネイトとの思い出の曲でもあるが、ネイトとの思い出がなかったとしても、きっとメリッサはこの曲を選んだ。

アメリアへの恐怖との別れ、ジョンストン公爵家との別れ、ウェインライト王国との別れ、メリッサにとって今日は〝別れの時〟。

それに、王妃やエルドレッドにとっては順風満帆な日々との別れ、ジョンストン公爵家は2人の娘と世間の評判との別れ、ブレイは気楽な日々との別れ、ネイトは復讐心との別れ。

皆それぞれの別れがある。

メリッサは「さようなら」と言うように悲しい旋律を奏でる。

ネイトの母ソニアはこの〝別れの時〟を鼻歌で陽気に歌っていたのだと聞いた。

メリッサにはソニアの気持ちが少し分かる。この曲は悲しい旋律のはずなのに少しだけ希望を感じるのだ。

メリッサのイメージは夕方。オレンジ色の日の光を浴びて、今日にお別れをする曲。
もうすぐ暗くなるのは悲しいけれど、明るい家に帰るのだ。
そしてまた明日が来る。
そんな気持ちを込めて、メリッサは〝別れの時〟を弾いた。

8章　after that

「お嬢様、今日はお手紙の日みたいです。ネイト、オーブリー殿下、キャロライン様、ノア様の4人からお手紙が届いてますよ」

そう言ってローズはメリッサへ4通の手紙を見せてきた。

ここは、テルフォート帝城内にあるアポロン宮。宮廷音楽家のための宮で、メリッサはここで暮らし、毎日魔法学園へ通っている。アポロン宮にはちゃんと使用人部屋もあるため、メリッサはローズを専用侍女として雇っている。

メリッサが憂いなく過ごせると安心できたらロートンに永住すると言っていたローズは、今は、メリッサが結婚するまではメリッサのそばを離れないと言っている。

メリッサと一緒にそれを聞いたジョッシュは「結婚の次はお嬢様のお子様を見るまで、その次はお子様が大きくなるまでと言い、ロートンへ来るのは遅くなりそうですね」と言い、あのいつもの穏やかな笑顔で笑っていた。

ネイト、ブレイ、キャリー、ノアの4人はウェインライト王国の魔法学園に入学したため、メリッサは1人でテルフォート帝国の魔法学園に通うことになった。

入学式に参加せず、1人だけ1週間遅れで入学したメリッサは、ブレイたちがいないことがとても心細く、友達ができるか不安だった。


3年前の貴族学園の入学式はジャクリーンにあっさり嫌われた過去のせいで不安なのだと思ったが、どんな時でも新しい出会いには緊張して不安になってしまうものらしい。

そう思って教室に入ったメリッサの隣の席には、そのジャクリーンが座っていた。


ジャクリーンは貴族学園の3年になったと同時にエルドレッドの婚約者候補を降ろされ、ハモンド公爵の養子縁組を解消されて生家のレノン伯爵家へ戻されたそうだ。

第一王子の元婚約者候補で元公爵令嬢の伯爵令嬢として通う貴族学園はまるで地獄のようで、そんなジャクリーンをただ一人気にかけてくれるアメリアが唯一の味方のようで、アメリアがエルドレッドと婚約するまで利用されていたことにも気付かず親友だと信じていたのだと、ジャクリーンは弱々しく笑っていた。

生家のレノン伯爵家でうまくいっていなかったジャクリーンは、アメリアとエルドレッドの婚約を知った後に貴族学園を中退して、親戚を頼ってこのテルフォート帝国へ移住し平民として暮らしていたらしい。

そして、10歳のあの頃は正当な公爵令嬢のメリッサと、伯爵令嬢から養子に入り公爵令嬢になった自分の出自の違いに劣等感を持っていたのだと謝り、メリッサが宮廷音楽家になったことを祝ってくれた。

その劣等感をアメリアに見抜かれ利用されてしまったのだろう。クリストファーの婚約者候補だった時の自分を思い返すと、時間を作りピアノを弾きたいと考えるばかりで、ジャクリーンの境遇を案ずることもなくむしろジャクリーンに頼ってばかりいた。

自分にも悪いところはあったからお互い様だと思っている。またかつてのように仲良くしてくれたら嬉しいと、メリッサは思ったまま素直に返事をした。

その後はジャクリーンとの友情を育みそうなものなのだが、ジャクリーンは入学式からの1週間ですでに同じ平民の生徒たちと仲良くしていた。

ほとんどが貴族子女の魔法学園の中で平民の生徒たちは、貴族学園に通っていた時のメリッサやブレイたち4人と同じように肩を寄せ合い友情を育んでいるのだ。メリッサはそこに入れないことを寂しく思いながらも、ジャクリーンが1人ではなくてよかったと安心している。

どうしてメリッサがジャクリーンたちと仲良くしなかったかというと、メリッサがそこへ入ることで、仲良く助け合っている彼らに迷惑をかけそうで遠慮してしまったからだ。

なぜならば、テルフォート帝国の国民にとって宮廷音楽家というのは〝歩く国宝〟と呼ばれるほどに、愛され、尊ばれる存在だったのだ。


魔法学園の生徒はそのほとんどが貴族学園時代と同じ生徒。

貴族学園時代は政略に関係ない取るに足らない留学生として捨て置かれていたメリッサは、〝宮廷音楽家〟になったことで皆の大切な宝物になってしまった。

魔法学園には手洗い場や観覧席まで付いたメリッサ専用の広いピアノ自習室があり、休憩時間や、授業の空き時間にメリッサがその自習室でピアノを弾いていると、毎回その観覧席が満席になる。

その席決めや予約などは有志の人が管理していて、約20年前に宮廷音楽家の学園生がいた時の手引きを元に運営されているらしい。

メリッサはそんな普通とは違う学園生活を送っている。入学から3カ月ほどたった今でもまだジャクリーン以外の友達ができていないが、寂しくはない。

メリッサが授業中にくしゃみをしようものなら、先生が飛んできて、教室の空調が合っていないのかと心配する。お昼ご飯は2、3人ずつ日替わりでその順番も管理されているらしく、メリッサが楽にするようにと言うと、質問や、演奏の感想などを話しかけられる。

それはメリッサの気分や体調を慮って、メリッサが話しかけるまで黙っていることまで徹底されているのだ。

魔法学園生活での日常を思い浮かべた後、メリッサはローズから4通の手紙を受け取り、一番最初にネイトからの手紙を開封した。

ネイトはブレイとノアと男子3人で仲良くしているらしく、手紙にはいつも3人での楽しい様子が書かれている。

いきなり現れた美貌の第三王子と、剣術や体術では右に出る者がいないほどの強さなのに、なぜか常に苦手な勉強を頑張っている辺境伯の庶子と、長かった前髪をばっさり切ったことでアメリアと同じ顔を晒している殺人鬼の異母兄は、やはりと言うべきか、生徒の間で浮いてしまっているらしい。

入学当初の手紙では、ブレイは将来の期待が大きい第三王子としてたくさんの生徒たちに囲まれていて、ネイトとノアは遠くからブレイの成長を見守っている、という内容だったはずなのに、いつのまにかブレイも加わった3人の友情に変わっていた。

去年の秋から魔法学園入学までの半年間、王の子飼いと入れ替わっていた時のネイトは、コーネリアスの邸宅で料理人見習いとしてデザート担当の人の下で働いていた。

邸宅の外へは出してもらえないため、メリッサとは手紙でのやりとりのみだったが、それまでのお互いに手紙を送りっぱなしの状態からちゃんと文通できるようになっただけでもメリッサは嬉しかった。

魔法学園へ通うようになってからのネイトの手紙は、回を重ねるごとに、文が長く上手になっていった。

心は優しくても、言葉は少し素っ気ないネイト。そのしゃべる言葉と同じように素気なかった手紙が、段々と雄弁になっていくことがとても嬉しい。

魔法学園では魔法以外にも授業があり、言語系の授業もある。今までの短文の羅列は、筆不精なのではなく、平民学校だけしか通っていなかったことが理由だったのかもしれない。

今日のネイトからの手紙には、学園卒業後はテルフォート帝国のケーキ屋で働き、ゆくゆくは自分の店を開きたいと書いてあった。

その夢のためにブレイとノアと3人で市井へ市場調査へ行ったらしい。

コーネリアスが助けてくれるまでのネイトは、アメリアを断罪するために自白魔道具を使用しようと思っていたらしく、その自白魔道具を買うために貯めていた貯金を開店資金にする予定だと書いてある。

メリッサには母の残した財産と宮廷音楽家としての給料がある。

ローズへ、ネイトからの手紙の内容と、開店資金にはメリッサのお金を使えばいいと返事をしたいと言うと、メリッサはローズに怒られてしまった。

それはネイトの誇りを踏みにじる行為で、ちゃんとお付き合いをして、結婚するまでは絶対に言ってはいけないそうだ。

ローズに「ちゃんとお付き合いをして」と言われ、メリッサはネイトとはただの友人で、自分の気持ちを言ったことも、ネイトからメリッサへの気持ちを確認したこともないことに気付く。

メリッサは当たり前のようにこれからもネイトとずっと一緒に生きていくと思っていたが、ネイトもそう思っているのか不安になった。

魔法学園にはたくさんの女の子が通っている。ネイトがメリッサではない女の子を選ぶ可能性だってある。


今日届いたネイトからの手紙には、もちろん、メリッサのことをどう思っているかなど書いてない。

それはメリッサからネイトへの手紙に、ネイトへの想いを書いていないからだ。

「好き」と言ってほしかったら自分からも「好き」と言わないと、愛されるには愛する必要があると知ったはずなのにと思い、ネイトへ「好き」と手紙を書こうと思ったが、書けない。

たった一言「好き」と書くことがこんなにも勇気がいるのだとは思ってもいなかった。


メリッサはネイトへ返事を書くのを後回しにし、キャリーからの手紙を読む。

キャリーの手紙には、無事女友達ができたと書いてある。可愛い妹と比べられて家族から蔑ろにされている、そんな以前のメリッサと少し似た境遇の、女性騎士を目指しているかっこいい令嬢と友達になれたらしい。

その子はブレイよりもずっと紳士なのだと書いてある。ブレイの痴漢行為はまだキャリーに許されていないようだ。

突如現れた美しい第三王子と仲良しということで、令嬢たちからの妬みを買ってしまったキャリー。

一応侯爵令嬢という高位貴族の立場であるために表立った嫌がらせはないようだが、仲の良い令嬢ができないと悩んでいた。そんなキャリーに素敵な女友達ができたようでメリッサは安心した。

第三王子を探し出し自分の娘と婚約させようとしていたキャリーの叔父は、寮に入ってしまったキャリーにブレイを紹介するように無理強いすることができない。

その叔父に不当に奪われていた本来キャリーが受け取る分の財産は、コーネリアスの力によってキャリーの元へ返却され、キャリーは実家を頼らなくても生活できている。

王都に屋敷がある者が寮に入るには寮費が発生するのだが、その寮費も自分で払っているという。ちなみに、そのブレイと婚約させたがっているキャリーの従妹はまだ4歳らしい。

女友達ができたキャリーからの手紙の続きには、アメリアと婚約解消し立太子の話もなくなったエルドレッドに言い寄られて困ったと書いてある。

自白魔道具で引き出したアメリアの供述により、王妃の実家ケンブル侯爵家の禁止薬物売買が明るみに出た。ケンブル侯爵家の凋落《ちょうらく》により、ケンブル侯爵家しか後ろ盾のないエルドレッドとクリストファーは窮地に立たされている。

通常なら婚約者の実家や側近なども後ろ盾となるのだが、王子2人には婚約者も側近も残っていない。

高位貴族がこぞって隠された第三王子を探していたくらいには、王子2人の過去の行いは良くなかった。もちろんエルドレッドの次の婚約者は見つからず、エルドレッド自ら高位貴族の令嬢から順に手当たり次第口説いているらしい。

エルドレッドへ4歳の従妹でよければ紹介すると返事をした、というところでキャリーの手紙は終わっていた。

結局、エルドレッドへ従妹を紹介したのか、していないのか、どうなったのか教えてほしいと返事を書こうと思う。


ノアからの手紙は恋愛相談だ。

キャリーへの熱い想いと、恥ずかしくてそれを伝えられないがどうしたらいいかという、いつもと同じ内容が綴ってある。ここにキャリーはいないのでメリッサではいいアドバイスは考えられない。

メリッサはいつもローズへ相談しているのだが、最近では「ノア様から来たその手紙を、間違えてキャロライン様へのお手紙へ入れてしまえばいいんじゃないですか？」と言われてしまう。

メリッサは、ローズの言葉をそのままノアへの返事に書いてしまおうかと迷う。


最後はブレイからの手紙。

ブレイの婚約が決まったらしい。

相手はメリッサの亡くなった祖父、前ジョンストン公爵の妹の孫娘。メリッサの再従妹にあたる10歳の令嬢だ。

メリッサはその再従妹と会ったことがないが、あの陽気でお調子者のブレイと相性がいいことを祈ろう。さすがに6歳年下の女の子には痴漢行為をしないだろう。

おそらく、そのジョンストン公爵家の血を引く再従妹と結婚したブレイが将来ジョンストン公爵になるのだとメリッサは気付いている。

不自然に実家の話が出ない皆からの手紙。特にブレイからの手紙は時々文章がおかしく、この手紙も、どうしてメリッサの再従妹に決まったのか書けないのか、支離滅裂《しりめつれつ》な部分がある。

「ねぇ、ローズ。ジョンストン公爵家について何か知っている?」

ローズはメリッサが悲しむだろう話でも、メリッサが聞けば変に隠したりせずにちゃんと教えてくれる。

ローズは一旦退席してローズの部屋へ戻り、すぐに帰ってきた。

「皇帝陛下からこちらをお預かりしています。お嬢様が知りたいと言った時に渡すようにと言われていました」

そう言ってローズは1通の手紙と小さな箱を差し出した。

手紙の裏には父の署名が入っていた。

◇◆◇◆◇

メリッサへ

もう今さらだが、宮廷音楽家になれたことと16歳の誕生日おめでとう。

私の謝罪など、今のメリッサには必要ないだろう。メリッサに許してもらおうとは思っていない。それでも、今こうしてメリッサへこの手紙を書くことだけは許してほしい。

アメリアは私とパトリックと母に禁止されている向精神薬を盛っていた。

アメリアはその薬を日常的に少量ずつ盛り、私たちの頭の働きと記憶を鈍らせ、どこまで正気を保ったまま操れるのか実験していたのだと、王弟殿下から聞いた。

この数年の犯行で、メリッサが公爵家にいた頃は関係なく、メリッサは薬を盛られていないから安心してほしい。これはメリッサを蔑ろにしてアメリアを優先した私たちへの報いなのだろう。

その薬の摂取を止められたと同時に強い副作用が出た。私は1カ月ほどの知覚過敏や震えだけで済んだが、高齢の母は幻覚を見るようになってしまい、今は病院で過ごしている。

そして、パトリックは薬の影響と元々精神的に弱っていたことが重なって、自ら毒を飲んでしまった。幸い自殺は未遂でパトリックは生きている。

生きているのだが、記憶は曖昧《あいまい》で、エリシャのことも、メリッサのことも覚えていない。私のことだけは覚えていて、ピアノを取り上げた悪魔だと罵《ののし》られてしまった。

メリッサは幼くて覚えていないかもしれない。メリッサがピアノの虜になった時、同じようにパトリックもピアノに心を奪われていたのだ。そのパトリックから嫡男だからとピアノを取り上げ、禁じたのは私だ。

この手紙はメリッサへ家族のことを憂慮させるために書いたのではない。この手紙を出すことの是非についてはずっと迷っていたが、どうしても1つだけメリッサへのお願いがあるために筆をとった。

メリッサはパトリックと顔を合わせないでほしい。

記憶が曖昧になったパトリックはピアノを弾いている。あの魔法学園の入学式で聴いたメリッサの演奏とは比べるまでもない拙いピアノだ。それでも、信じられないほど素晴らしい旋律を奏でることもある。

エリシャが願っていたように、メリッサとパトリック2人ともにピアノを許していたらどんな未来だったのだろうかと思わせる音色だ。

幼い頃からピアノを弾き続け、宮廷音楽家にまでになったメリッサより、今からピアノを始めるパトリックが優れた演奏ができる未来などないと私でも分かる。

記憶の混濁が収まらず、しばらく治療に専念するために魔法学園を休学することになったパトリックは、もしかしたら両腕に魔力封じの腕輪を付けることになるかもしれない。そうなったらピアノの演奏にも影響を与えるだろう。


今、私はジョンストン公爵家の当主を親戚に譲り、田舎の子爵として子爵領で過ごすための準備をしている。パトリックはその子爵領へ連れて行き、私が面倒を看る。

ただピアノが楽しいままのパトリックとしてこれからの人生を歩ませてあげたい。

自分よりも見事にピアノを演奏するメリッサを見て以前のことを思い出し、またメリッサを憎むようになってほしくない。

少なくとも今は幸せそうにピアノを弾いているパトリックを守りたい気持ちで、メリッサとパトリックの別離を私が決める。これが正解なのか、愚かな私には分からない。

もしも将来、メリッサが子供を産んだ時、その子はもしかしたら親の七光りと言われ悩むことがあるかもしれない。メリッサが2人子供を産んで2人とも音楽を好きになった時、もしかしたら兄弟間で優劣がついてしまい苦悩することがあるかもしれない。

そんな時は子供に逃げ場を用意してあげてほしい。私のことを逃げ場の一つと考えてもらっても大丈夫だ。

あの、アメリアと同じ顔をした少年は平民なのだろう。もしも貴族としての手助けが必要になったら遠慮なく連絡してくれ。

子爵位とはいえ、できることがあるかもしれない。これからずっと没交渉だとしても、私が生きている限りはこの約束は有効だと覚えておいてほしい。

この手紙を最後に、私からメリッサへ手紙を書くことはない。会いにも行かない。

いや、こっそりと演奏を聴きに行くことがあるかもしれないが、その時はメリッサに見つからないように注意する。

パトリックに顔を見せるなどと相変わらずひどいことを言っている自覚はある。愚かな私のことなど忘れて幸せになってくれ。

エリシャしか見ていない私は父親になってはいけない人間だった。

メリッサは何も悪くない。こんな私の子供として生まれてしまったことがパトリックとメリッサにとっての不幸だったのだ。本当にすまない。

エリシャと出会ったあの頃、嫌悪していた母のように気付けばなっていた。

私の母エイダに、ダリアとしてしか見られないことが嫌だとエリシャが言っていたのを、私はいつの間にか忘れていた。亡くなる直前にパトリックとメリッサを頼むと言っていたエリシャの言葉も守れなかった。

メリッサの父親になれず、すまなかった。

エリシャに抱かれた生まれたばかりのメリッサの小さな小さな手を覚えている。あの〝別れの時〟を聞いた時、あんなにも小さかったメリッサの手が、こんな素晴らしい演奏を奏でているのだと思うと涙が止まらなかった。


こちらのことは気遣う必要はなく、これまで通り幸せに過ごしてほしい。

メリッサの末長い幸せを祈っている。

イライアス

自分がもしも、幼い頃にピアノを禁じられて、その横で兄がピアノを弾き続けていたらと想像する。メリッサならきっと兄を憎み、そして狂ってしまうだろう。

公爵家にいた頃にメリッサのピアノを聴いてくれていた兄の笑顔を思い出すと、息が詰まるような切なさで胸が苦しくなる。

手紙に添えられていた小箱を開けると、母がいつも付けていた髪飾りが入っていた。

この髪飾りをアメリアが付けているのはどうしてかと父の執務室に入った時、父の机に母の好きだった白いチューリップが生けてあったことを思い出す。

父の瞳が明け方の空みたいに綺麗だと母が言っていたことを、父は知っているのだろうか……。

父の瞳と同じ色をしたタンザナイトにメリッサの涙が零《こぼ》れ落ちた。

◇◆◇◆◇

父からの手紙と添えられた髪飾りについて、どう考えればいいのか、どうしたらいいのか、今のメリッサには分からない。誰かに意見を聞くのは違う気がする。さまざまなことを経験して、大人になったメリッサならば分かるかもしれない。

とりあえず今はこのままで、自分が成長したと思った時に読み返そうと、メリッサは涙を拭い手紙と髪飾りを宝箱へしまった。

もうすぐ、魔法学園は夏休みに入る。

夏休みの前半は、ウェインライト王国の王都へ行き、その後、ネイトと共にロートンで過ごす予定だ。

宮廷音楽家としての仕事は夏休みの後半にまとめたが、テルフォート皇帝の許可はいただいている。

そして、ウェインライト王国の王都ではアメリアの処刑が待っている。

アメリアは結局、ネイトの母、ミルズ子爵夫婦、メリッサの元侍女など合計6人の殺人罪と、放火、詐欺、禁止薬物使用、自殺幇助、魔道具の違法改造など、たくさんの余罪が確定された。その全ての証言を取るために3カ月近く要し、その間ずっと自白魔道具を使われていたそうだ。

アメリアの反省は期待できないため、少しでも被害者の気持ちが晴れるように、嫌がっていた自白魔道具の副作用を長く与え続けたのかもしれない。

処刑は被害者やその家族に限定して公開される。

観覧は強制ではない。メリッサは観覧するか迷っていたが、父からの手紙を見て、ちゃんとアメリアの最期を見届けようと決めた。

◇◆◇◆◇

夏休みに入り、メリッサとネイトはウェインライト王城の広い敷地の最北東にある、普段は人が訪れない飾り気のない黒い宮殿に来た。

かつて週4日この王城へ通っていたメリッサでも初めて訪れる場所だ。

観覧席はネイトとメリッサの他には数名の新聞記者とクリストファーがいる。

メリッサの元侍女をはじめアメリアの策略や実験で命を落とした他の犠牲者は、皆、身寄りがない者たちばかりだった。

被害者や遺族でもないのに王族権限を使いこの場にいるクリストファーは、観覧席の隅で涙を流している。魔法学園にはいまだにアメリアの信者が残っていて、その筆頭がクリストファーなのだとネイトから聞いた。

処刑場に現れたアメリアは、あの入学式の日から少しやつれ腰まであった髪は顎下まで短く切られていた。

それでもあの新入生代表としてステージへ上がる姿を思わせる、背筋を伸ばし凛《りん》とした歩みで断頭台へ進み、抵抗もせずに頭を乗せた。

そして、アメリアの処刑は終わった。


アメリアは断首の直前に幼い迷子のような顔で観覧席にいるネイトを見つめていた。


あれはアメリアの素の表情だったのかもしれない。

あっけなくアメリアの処刑が終わり、アメリアの最期の表情の意味が分からずぼんやりと言葉もなく観覧席に座っていたネイトとメリッサの元へコーネリアスが現れた。

「2人とも、久しぶり」

慌てて頭を下げたネイトとメリッサへコーネリアスは楽にするように言い、以前ネイトへ伝えた話について訂正に来たのだと言った。

「以前ネイトくんに聞かれた、なぜ毒婦が自分と同じ顔のネイトくんをそばに置きたがっていたかの話なんだ。念のため、自白魔道具を使って毒婦へ問いただしたんだが、ネイトくんは種馬だからと言っていたよ」

アメリアが自分しか愛せない人間のために同じ顔のネイトを選んだのだというコーネリアスの仮説を、メリッサはネイトから聞いていた。

「ただ、なぜネイトくんを選んだのかと聞いても、毒婦は答えなかった。自白魔道具でも言えないということは、明確な理由がないか、理由を自覚していないかってことなんだが、毒婦の最期の表情を見てね、一つ思い出したんだ。あの毒婦と同じ顔をしている人はネイトくんの他にもう一人いるって」

ネイトもメリッサも誰か分からず困惑し、メリッサは思わずコーネリアスへ問いかけた。

「それは誰でしょうか？」

「チェスター・ミルズだよ。君たちは兄妹は2人とも父親のチェスターにそっくりなんだ。あの毒婦はネイトくんの顔に自分ではなく父親を重ねていたのかもしれない。そう思って、あの仮説を訂正しに来たんだ。自白魔道具で供述できないほどの深層心理で父親の愛を求めていたのか、父親を求める自分を認めたくなくて無意識下に抑え込んでいたのか、父親は関係なく、自分しか愛せなくてネイトくんを選んだだけだったのかはもう分からないけどね……」

あのアメリアにも父親の愛を求めた時期があったのかもしれないとコーネリアスは言う。

もしも、アメリアがちゃんと子供を愛する親の元に生まれていたのなら、このように処刑される人生を歩むことはなかったのだろうかとメリッサは思った。

「生まれつき良心が欠如した人間は時々生まれるものなんだ。もしもチェスター・ミルズが親バカだったとしても、アメリアはあの生き方だったと思うよ」

メリッサの心を読んだかのように、コーネリアスは呟いた。

◇◆◇◆◇

アメリアの処刑の後、メリッサとネイトはロートンへ向かった。

メリッサとネイトとローズの３人で会えなかった時の話をしていれば、馬車に乗っている３日間などあっという間だ。

貴族学園の夏休みのたびにロートンへ帰っていたメリッサにとっては1年ぶり、アメリアに王都へ連れ去られたネイトにとっては4年ぶりのロートン。

メリッサにとってもネイトにとってもロートンは第二の故郷なのだ。

馬車を降りると、ジョッシュをはじめ、ロートン領主館の皆が出迎えてくれていた。

ジョンストン公爵令嬢ではなくなったメリッサは、本来ロートン領主館に滞在できないのだが、ジョッシュの客人としてメリッサを招く許可をジョンストン公爵から得ているから安心してほしいと、ジョッシュから手紙で伝えられていた。

「お嬢様、おかえりなさいませ。……そしてネイト、おかえり」

ネイトの目には涙が浮かんでいるが、長い前髪を切ってしまったネイトには隠すことができない。

涙でキラキラと輝くその瞳は、陽の当たったロートン湖のようだとメリッサは思った。

◇◆◇◆◇

どこまでも透明で大きく美しいロートン湖の湖畔にある教会にメリッサとネイトは2人で来ている。

「お墓からも湖が見えるんだね……とても綺麗」

メリッサは教会の裏にある墓地からロートン湖を望む。今日はネイトの母ソニアのお墓参りに来ているのだ。

ミルズの教会にある身寄りのない人のための共同墓地へ埋葬されていたネイトの母は、アメリアの犯行の検分を行なった後、ネイトがお願いしてこのロートンへ埋葬してもらった。

結婚の予定がない自分もその墓に入るかもしれないからと言い、ネイトの叔母がお墓を購入してくれたそうだ。


「母さんはアーモンドが入ったクッキーが好きだったんだ」

そう言ってネイトはお墓に自分で作ったクッキーを供えた。

メリッサはその横に花を供える。

しばらくの間、メリッサとネイトは墓前からロートン湖をただただ眺めていた。


「ネイト、魔法学園でやらないといけないことは終わった?」

「うん」

「……私はどんなネイトでも受け入れるよ」

メリッサはそう言って横に立つネイトの顔を覗くと、短くなった前髪で露わになったネイトの顔は、そのおでこに残る火傷跡の赤さが目立たないほどに、みるみる赤くなり、耳先まで真っ赤になっている。

この照れてすぐ赤くなるところもかわいくて好きだ。

「これ」

そう言って突き出したネイトの手には、宮廷音楽家として正装している時に付けてもおかしくない青緑色のリボンで結ばれた袋。

「母さんのお墓の前じゃないところで渡したかったのに……」

ネイトの呟きには答えず、メリッサはリボンを解き袋を開けた。

袋の中にはネイト手作りのピアノ型クッキーが入っていた。初めてもらったクッキーと同じ。でも、今回は茶色いチョコレートだけでなく、ホワイトチョコも使って白い鍵盤までちゃんと描いてある。

もしかしてと思ったメリッサは、胸をドキドキと激しく鼓動させながら1枚1枚クッキーを確認する。

メリッサは〝愛してる〟と書いてあるクッキーを見つけた。

end.

外伝　16years have passed

「ここ、どこだろう……」

テルフォート帝国の帝都の南区に住んでいるエリシャは、平民学校の友達から帝都の西区に売っているバームクーヘンが美味しいと聞き西区まで来ていた。

平民学校がお休みの今日、乗合馬車に乗ってまで買いに来たバームクーヘンはまだ午前中だというのに売り切れだった。

今度また買いにこようと決意し来た道を戻っていたつもりが、いつのまにか違う道を歩いてしまっていたようだ。友達に書いてもらった地図を見直し周囲を見渡しても、その地図にある目印が見つからない。エリシャは完全に迷子になってしまったと悟る。

不安で心細い気持ちを見ないふりをし、騎士団の屯所《とんしょ》を探しながらなるべく大きな道を選んで歩く。

今エリシャが歩いている川沿いの道にはたくさんの店が並んでいるが、土手側の歩道では等間隔で素人の音楽家たちが路上演奏をしている。

エリシャが生まれたテルフォート帝国の帝都は音楽の都と言われていて、多民族国家のおかげで多種多様な音楽が町中に溢れている。

こういった路上演奏の音楽家は珍しくなく、この西区やエリシャが住む南区だけでなく、帝都全体でよく見かける。通りがかりの人々は足を止めて聞き入るほど気に入った演奏には投げ銭をするのが常識となっている。

エリシャはお菓子作りが一番好きだが、テルフォート帝国民として然るべく音楽も好きだ。幼い頃に始めたピアノは、お菓子作りの楽しさを知り時間が惜しくなった8歳の頃からは週に数回弾く程度のものになってしまったが、それでも今もピアノは大好きだし、耳が肥えている自信はある。

そんなエリシャの耳に、誰もが知っている童謡を軽快にアレンジしたバイオリンの陽気な旋律が入ってきた。

今の季節にぴったりな春が来たことを喜ぶわらべ歌で、時おり音を飛ばしたり外したりしているが、リズムは絶対に外さない。リズム感が抜群に良く弾むような音色に、何よりも迷子になった不安を吹き飛ばすほどのワクワクする演奏。思わずエリシャの足はそのバイオリンの音色の方へ向かい小走りで歩いていく。

雲一つない快晴のおかげで陽の光を反射してキラキラと輝く銀髪の少年がバイオリンを弾いていた。

ただ弾いているのではない。しなやかに飛び跳ね、足を上げ、くるくると回るなど、自らが演奏しているバイオリンの旋律に合わせて、土手横の舗道をまるで舞台のように縦横無尽に踊っている。

踊りもバイオリンも心から楽しんでいることが分かるステップ。見ているエリシャも知らず知らずのうちににっこりしてしまう。

少年は10歳のエリシャと同じくらいの歳に見えるが、大人顔負けの人を惹きつける素晴らしいパフォーマンスに、母や兄と同じ飛び抜けた才能を感じる。銀髪の彼の演奏は、付近にいる路上音楽家の中でも沢山の人を集めていた。

エリシャは屯所を探していたことも忘れ、足を止めて1曲終わるまで彼の演奏と踊りに魅入ってしまった。

曲が終わり、観衆たちは皆笑顔で彼の足元に置かれたバイオリンケースにお金を投げ入れている。

一番後ろで見ていたエリシャは最後になってしまった。バームクーヘンを買うために持ってきていたお小遣いを入れた時にバイオリンケースの中が見えたが、たくさんの硬貨と数枚のお札まで入っている。

銀髪の少年に素晴らしい演奏だったと伝えようと顔を上げたエリシャは、彼と目が合い、2人とも目と口を開いたまま固まってしまった。

エリシャを見て大きく見開いている目の鮮やかな赤さも、柔らかそうな銀色の髪も、すっきりとした切れ長の目元も、少し短い鼻も、小さな口も、まるで鏡を見ているかのようにエリシャとそっくりだ。目線の高さも同じなので背の高さも変わらない。

バイオリンの音と踊りに夢中でちゃんと容姿を見ていなかった。眉毛も耳も見えているさっぱりとした短髪の彼に対して、エリシャの髪は背中の中ほどまであり、ハーフアップにして母にもらった髪留めで留めている。それだけの違い。

髪型と服装以外はまるで生き写しのようだと、しばらく無言で見つめ合ってしまう。

「世界には自分に似た人が3人いるってリーアが言ってたけど本当だったんだ……」

大きな赤い瞳を零れ落ちそうなほど見開いたまま独り言を言った彼に、エリシャはハッと我に返り、もしかしたら双子なのではと考え自己紹介をしてみた。

「私はエリシャって言います」

「えぇぇぇ!?　エリシャ!?　君もエリシャって名前なの？　俺もエリシャなんだけど！　名前まで一緒とかすごすぎない？」

彼は大きな声で自分の名前も〝エリシャ〟だと叫んでいる。

同じ年頃、同じ銀髪、同じ赤い瞳、同じ顔立ちに、しかも同じエリシャという名前。唯一違うのは髪の長さだけだが、〝俺〟と言っていることから、性別も違うのだろう。

「えーっと、同じ名前だとややこしいね。俺はみんなにエルって呼ばれてるからエルって呼んで。君は何て呼べばいい？」

「私はエリィって呼ばれてます」

「同じ顔で同じ名前の縁だし、気軽に話そうよ。俺は男だけどエリィは女の子だよね？」

どちらかというと人見知りな自覚があるエリシャだが、エルには緊張せずに話すことができる。

同じ顔をしているせいかとも思ったが、エルの優しい笑顔のおかげかもしれない。

「うん、女だよ」

「なら、俺はまだ声変わりとかしてないから、ここまでそっくりなのは今だけなのかも。もしかして、俺たち双子だけど何かあって離れ離れになったとかかなぁ？　……俺は11歳だけどエリィは？」

「私は10歳。私はお母様と顔立ちはそっくりだから、お母様の子供で間違いないと思う。ひょっとしたらエルは11歳の私のお兄様と双子なのかしら。何かがあって離れ離れになってたとか……」


エリシャの父は黒髪に青緑の瞳、母は金髪に碧眼、兄は根元が金に変わってきている茶髪に青緑の瞳。エリシャ一人だけ父と母の色ではない銀髪に赤い瞳で、密かに疎外感を覚えていた。

とはいえエリシャの顔立ちは母にそっくりだ。

エルはエリシャと似ているが、それは同時にエリシャの母にも似ていることになる。

「俺は父さんと同じ銀髪に赤い瞳だし、絶対に父さんと母さんの子供だよ！」

「私だって！」

しばし睨み合った2人は、なぜこんなにムキになっているのか不思議になり、どちらともなく笑ってしまう。

ひとしきり笑った後、２人で土手に並んで座った。

なぜエリシャが南区からこの西区まで来たのか理由をエルに話すと、エルは鞄から小袋を取り出した。

「じゃあエリィはこのバームクーヘンを買うために南区から来たんだ。俺もこのバームクーヘンを買いに北区から来たんだけど、すっごい偶然」

エルは小袋から個包装になっているバームクーヘンを2個取り出し、エリシャに1個差し出している。

「母さんの好物だからと思って買った分、エリィにあげるよ。一緒に食べよ」

「ありがとう。じゃあ、お礼にこのクッキーどうぞ」

お昼ご飯の代わりにと持ってきていたクッキーを差し出すと、エルは喜んで受け取った。


エリシャとエルは土手で川を眺めながら2人でバームクーヘンを食べる。

バームクーヘンは馬車に乗ってまでわざわざ買いに来たことを後悔しないほどの美味しさで、夢中で食べてしまう。周りのフォンダンはただ甘いだけでなく上質な砂糖の味で、フォンダンのシャリシャリとした食感としっとりしたバームクーヘン生地との絶妙な調和、生地からかすかに香る卵の風味や蜂蜜などのバランスもいい。

じっくりと調べるようにバームクーヘンを食べていたエリシャは、しばらくしてエルの存在を忘れていたことに気付いた。

エリシャはお菓子のレシピについて考えていると周りが見えなくなってしまう悪い癖がある。

隣に座るエルを見ると、エリシャを見て微笑みながらバームクーヘンを食べていた。

「これうまいよなぁ。俺も母さんもバームクーヘンはこの店が一番好きなんだ」

エルは甘いお菓子が大好きで、お小遣いで帝都中のお菓子屋巡りをするのが趣味らしい。お菓子を買いすぎてお小遣いが足りず、最近は路上でバイオリンを踊りながら弾きお金を稼いでいるそうだ。

「バイオリンで投げ銭を稼いでることは母さんには絶対内緒！　見つかったら死ぬほど怒られちゃう」

「私も一人で遠出してお菓子を買ってることは家族には内緒なの。今日は平民学校のふりをして出てきたんだ。……今日は平民学校が休みってことにも気付いてないし、もしかしたら一人で出かけてることが見つかっても、誰も気にもしないかもしれないけど……」

エリシャの家族は店の経営で多忙な父と、宮廷音楽家として同じく多忙な母、ピアノに夢中でエリシャに構ってくれない11歳の兄。

父、母、兄の3人は余計なことは話さない寡黙なタイプで、しかも家族が顔を合わせる時間が少ないことにも平気そうで、もっと皆で一緒に過ごしたいと思っているのはエリシャだけのように感じてしまう。

帝城の正門近く、帝都で最も栄えている南区で人気のある店を経営している父と、元貴族で今は宮廷音楽家の母のおかげで、母の侍女と数名の使用人を雇えるほどに裕福だが、エリシャは裕福でなくても構わないからもっと家族と過ごしたい。

母の侍女に貴族並みの礼儀作法を教わり、家庭教師から教育を受けているために本当は平民学校へ行く必要はないのだが、人恋しく、友達がほしいためだけに通っている。

そんなエリシャの悩みを、エルは黙って真剣に聞いてくれた。


「エリィがくれたクッキー、すっごい美味いんだけど！　これどこの店のやつ？」

そんなエルの第一声に、エリシャの話を真剣に聞いていたのではなく、バームクーヘンとクッキーに夢中になっていただけかもしれないと思い直す。

「それは私の手作りだから売り物じゃないよ。お父様に教えてもらったレシピだけど、お父様のお店はケーキだけでクッキーは売ってないわ」

「これエリィの手作りなの!?　お店で売ってるのと変わらないくらい美味いよ！　こんな美味いクッキー作れるなんてすごいなぁ。……お菓子ってレシピ通り作っても上手く作れないんだよね。材料はきっちり計らないといけないし、材料混ぜる順番もタイミングも間違えられないし、腕が痺《しび》れるくらい卵を泡だてたり材料を混ぜたりしないといけないし、何より片付けがめんどくさいしって、俺は自分で作るのは諦めちゃって食べる専門なんだ。お菓子作りって本当に難しいって思ったけど、エリィは10歳でこんな美味いクッキー作れるなんて本当にすごい！」

エルは驚きながらもクッキーを食べ続けている。

お菓子が好きなエルはお菓子作りに挑戦したことがあるようだ。

バイオリンの演奏と踊りが天才だと思ったエルからの心からの賞賛に、エリシャの口の端が自然と上がり、口の中が甘酸っぱく感じる。

「ありがとう。……でもエルのバイオリンの方がすごかったよ。バイオリンの音色もワクワクしたけど、踊りも素晴らしくって、耳も目も幸せだった。バイオリンを演奏しながら踊るなんて絶対難しいよ。すごい練習したんだろうなって思った」

「こちらこそありがと。……なんか照れるね。エリィに褒められると自分で自分を褒めてるみたいだからかな」

お菓子が好きなところも、音楽が好きなところも同じ。

エルのことを知るほどにお互いの共通点が出てきて笑ってしまう。

「エリィの父さんはケーキ屋さんなのか。お店の名前は？　俺、食べたことあるかな」

「〝ソニア〟だよ。南区の〝ケーキ屋ソニア〟」

「ソニア!? 俺、チーズケーキはソニアが一番好き! ソニアが父さんだなんて、いいなぁ……」

エルは赤い瞳をキラキラと輝かせ、ソニアのチーズケーキがいかに美味しいかについて語っている。

エリシャは自分を褒められた時と同じくらい嬉しくなり、つい、エルに余計な自慢をしてしまった。

平民学校の友達には決して父や母のことを自慢したことはなかったのだが、他人とは思えないエルに対して気が緩んでしまっていたのだ。

「チーズケーキも美味しいけど、お家で作ってくれるホットケーキが一番美味しいの。普通のホットケーキより分厚いんだけどキメの細かい生地がふわふわで、とろけるような口どけで、上にアイスとジャムが載ってて、温かいホットケーキと冷たいアイスと少し酸っぱいジャムが口の中で合わさるんだ。……すぐに食べないとふわふわがつぶれちゃうしアイスも溶けちゃうからお店では出せないって言ってた。私も真似して作るけどまだまだお父様のホットケーキは作れないの」

エリシャは10分もせずに父のホットケーキについて得意げにエルに話したことを後悔するこ

とになった。

◇◆◇◆◇

「無理無理！　絶対に無理！」

「大丈夫大丈夫！　俺がホットケーキ食べるためにはこうするしかないんだって！　今すぐエリィの家に遊びに行くのを母さんが許してくれるとは思えないし」

「違う日にちゃんと招待する。それならエルのお母様も許してくれるでしょ？　それに、忙しいお父様が今晩ホットケーキを作れるとは限らないし」

エリシャの自慢を聞いたエルは急に立ち上がり、「ここで待ってて」と言い走り去ってしまった。10分ほどで戻ってきたエルの手には髪を伸ばす魔道具が2個とハサミが握られている。バイオリンの演奏で稼いだお金で買ってきたらしい。

すぐに髪を伸ばす魔道具で背中の中ほどまで髪を伸ばしたエルは、ハサミを持ってエリシャの髪を切ろうとしている。エルはエリシャのふりをして父のホットケーキを食べようとしているのだ。

「父さんと母さんの仕事で明後日からウェインライト王国に行くんだ。２週間は帝都に戻ってこれないってことは、そんな美味しそうなホットケーキを２週間もお預けなんて無理！　今日食べれるなら食べたい！」

エルは思い立ったら即行動、と言えば聞こえがいいが、物事を深く考えずにすぐに身体が動いてしまう上、我慢ができない性格のようだ。

行動する前に入念に下調べをして、考えすぎるくらい考えて動けなくなってしまう慎重なエリシャとは正反対。

そこで、ふと、エルが手に持つ髪を伸ばす魔道具が、魔力を持っている者用の魔道具だと気付く。

魔力を持たない者用の魔道具は〝魔力池〟という魔力を作り蓄える装置が内蔵されている。

その魔力池なしの魔道具は安価だけれど魔力を持っている者しか起動できない。

つまり、エルは魔力持ちで、すでに魔力が身体から漏れ出るようになっているということ。

言葉遣いや服装からエルは平民だと思っていたが、魔力持ちということは貴族令息なのにそれを隠している、もしくは、貴族の庶子などの訳ありということ。

エリシャの父と母は平民だが魔力を持っていて、エリシャも魔力を持っている。母は隣国ウェインライト王国の元貴族でテルフォート帝国の宮廷音楽家になったため平民になったのだが、父も平民で魔力持ちなのにその理由は教えてもらってない。

そして父と母揃って祖父や祖母など親戚の話をしてくれない。

双子のように同じ容姿に、同じ名前、そして同じ魔力持ち。何もなくここまで偶然が重なることなどあるだろうか。

……エリシャの両親とエルの家族は、誰かが親戚なのではないか。

このままエルと入れ替わりエルの家族に会えば、エリシャの知らない父と母のことを知ることができるかもしれない。

エリシャはエルのわがままを受け入れ、入れ替わってエルの家へ行くことにした。

エリシャにしては思い切った決断だが、エルの押しの強さに負けてしまったとも言える。

エルに髪を切られながら、それぞれの家族について説明する。

これからエリシャはエルのふりをしてエルの家に、エルはエリシャのふりをしてエリシャの家に行き、一晩過ごし、明日の昼に帝城の正門前で待ち合わせることにした。

髪を伸ばす魔道具は使い捨てらしく、エリシャの髪を伸ばすためにもう1個買ったそうだ。

エリシャの鞄の方が大きくハサミと魔道具を入れる余裕があったため、ハサミと魔道具はエルが持っていることになった。入れ替わり後にその鞄を使うのはエルになるからだ。

エルに髪を切られた後、今度はエリシャがエルの前髪を切り、橋の下の木陰でお互いの服と荷物を交換した。

目の前にいるエリシャの服を着たエルはいつも鏡で見ているエリシャそのものだ。

エリシャは自分の姿を確認したいのだが、川面《かわも》を覗いていても揺れているためにぼんやりとしか反射せず分からない。

「うん、初めて髪の毛切ったにしては上出来！　ちょっと失敗したけど母さんとリーアなら気付かないと思う。……でも、父さんには気付かれちゃうかもしれないから気をつけて」

リーアというのはエルの妹のこと。

エルの父に気をつけろと言われても、どう気をつければいいか分からない。

容姿がそっくりでも、性格も、話し方も違う。エリシャにはエルのように周囲を照らすように明るく話せる自信はない。おそらく、明日の昼を待たずにこの入れ替わりは気付かれるだろう。

それでも、父と母の生い立ちが分かるならとエリシャは開き直っている。

「エリィの髪飾り、銀細工も繊細だしこの青いのはガラスじゃなくて本物の宝石だろ？　俺、そそっかしいから壊したり傷つけたりしちゃいそう。怖いから借りたくないな……」

「私もそのバイオリンは借りたくないかな。扱いも分からないし、もしも弾けって言われたら困るし。それはエルにとって大切な相棒でしょ？」

エリシャの髪飾りはそのままエリシャが、エルのバイオリンはそのままエルが手に持ち、こうしてエリシャはエルに変装してエルの家へ、エルはエリシャに変装してエリシャの家へ行くことになった。

◇◆◇◆◇

エルの名前はエリシャ・イングリス。

エリシャはその名前を聞き、10歳の自分でも知っている有名な商会の名前に驚いた。

エルの家族とイングリス商会とは親戚で、エルの両親は商会では働いてはいないそうだ。

イングリス商会はここ10数年で目覚ましい躍進を遂げ最近男爵位を賜《たまわ》り、従兄妹が男爵令嬢になったのだと、エルは誇らしげに説明してくれた。

エルが書いた地図の通りに来た北区の外れでは、立派な門構えが出迎えてくれた。門から見える広い庭と大きな屋敷はエリシャの家と同等くらいだろう。

門を入り屋敷の方へ歩いていると、花壇に咲く勿忘草《わすれなぐさ》が目に入ってくる。

小さな青い花が沢山連なりとても可愛らしい。アイシングクッキーでこの勿忘草を作りたいと、エリシャは花壇の前でしゃがみこみまじまじと観察する。屋敷に入るのが怖くて尻込みしている、とも言える。

「おかえりー。お兄ちゃんがお花見てるなんて珍しいね。勿忘草は砂糖漬けにもジャムにもできない食べられない花だよぉ」

花壇の奥からじょうろを持った少女が出てきて、チラッとエリシャを見た後はじょうろで花壇に水を撒いている。

ピンク色のリボンで2つに結ばれたエルと同じ銀髪が、じょうろの水と共にキラキラと輝いている。猫のような大きな目はリボンと同じピンク色の瞳でとても可愛らしい。エルの妹のリーアで間違いないだろう。

リーアはエリシャと同い年の10歳で、踊りと花が好きで、昔はエルにべったりで可愛かったのに最近は生意気になってしまったのだとエルは言っていた。

同い年の美少女にエリシャは緊張してしまう。

自分にそっくりなエルは平気だったが、リーアに対しては人見知りしてしまうようだ。

「……ただいま」

なんとか自然になるように返事をしたつもりだが、エリシャが返事をするやいなやリーアは音が出そうなほどの勢いでエリシャがいる方に顔を向けた。

「そんなしおらしく返事するなんて、なんか変。風邪《かぜ》でも引いた？　って、お兄ちゃんが風邪を引くなんてありえないか……うーん、なぁんか違和感あるのよね」

そう言いながらリーアはエリシャを見つめてじわじわと近づいてくる。

見つめているというより探るように観察している。

「ちょっと、ここで待ってて！」

リーアはじょうろを足元に置き、走って屋敷の方へ行ってしまった。

「ただいま」のたった一言で、しかも家に入る前にエルではないとバレてしまったようだ。

エルは理由もなく大丈夫と言っていたが、全く大丈夫ではないではないか。元々隠し通せるとは思っていなかったエリシャだが、こんなにも早く入れ替わりが発覚してしまうのは情けないとしゃがみこんだ姿勢から膝に顔を埋めてしまった。

もちろん盗みなどの悪いことをしようとは思っていなかったし、この入れ替わりはエルの無理強いからしていることなので説明したら怒られることはない、はずだ。……多分。

エリシャの家族は「ただいま」のたった一言だけでエリシャが別人と入れ替わっていると気付けるだろうか。

普段から仲が良いからこそリーアにすぐに気付いてもらえたエルが羨ましくなってしまう。

「お父さんこっち！　髪の毛はガタガタだし、バイオリンは持ってないし、しゃがみこんで大人しく花壇の花を見てるの。……おばけかもしれない」

リーアの声と、ザクザクと芝生を歩く足音が聞こえてくる。

まさかおばけと思われていたとは思わなかった。

エリシャは深呼吸をし、覚悟を決めて顔を上げると、リーアに手を引かれてこちらに向かって歩いてくる銀髪に赤い瞳の男性と目が合った。

エリシャの父と同じ年頃に見えることからもエルの父で間違いないだろう。あの快活なエルや、見るからに明るく陽気そうなリーアの父親とは思えない、上品で落ち着いた雰囲気の美しい人だ。

エリシャは立ち上がり2人に身体を向けると、エルの父はエリシャを見ながら立ち尽くしている。感情の出ない表情がどことなくエリシャの母と似ている。

「メル……」

エルの父は確かに〝エル〟ではなく〝メル〟と呟いた。

〝メル〟とはエリシャの母メリッサの愛称。エリシャの母とエルの父は血が繋がっている。そうエリシャは確信した。

「君の名前は？」

「エリシャ・クロフです」

「そうか。メリッサもその赤い瞳を見てエリシャと名付けたんだね。……私はパトリック・イングリス。メリッサの兄で、君の伯父だ。君はメリッサによく似ているよ。うちのエルよりもずっとね」

パトリックは優しく微笑んでエリシャの頭を撫でてくれた。パトリックからふわっと、森の中にいるような爽《さわ》やかな香りがしてくる。

「お母様と同じ香り……」

「メリッサもお母様の香水を使ってるのか……。君たちの〝エリシャ〟という名前はね、私とメリッサが幼い頃に亡くなった母の名前なんだよ」

エリシャと話しているパトリックへリーアが抱きつき、パトリックはそんなリーアの頭も撫でる。

最近では自然と父に抱きつくことがなくなっていたエリシャだが、同い年なのに全身で父親に甘えているリーアが少し羨ましい。

「私、お父さんの匂い大好き！　でも、お父さんに妹がいたなんて知らなかったなぁ。君はおばけじゃなくて従兄弟だったのか。……お兄ちゃんにそっくりだけど、お兄ちゃんよりずっとかっこいい！　お兄ちゃんも大人しくしてたらいいのにね」

「エルとどこで出会ったとか、どうしてエルの服を着てここにいるのか、エルはどこにいるのか、詳しい話は中で聞こうか。……エリシャくんはお昼ご飯は食べたかい？」

エリシャが首を横に振ると、エリシャの右手はパトリックに、左手はリーアに手を繋がれ、エリシャはイングリス家の屋敷に招かれた。

◇◆◇◆◇

エリィが書いた地図の通りに来た南区の中心街には立派な門構えの屋敷があった。

門から見える広い庭と大きな屋敷はエリシャの家と同等くらいだろう。

門の前には門番が立っていて、エリィではないと気付かれないか緊張して通ったが、怪しまれることなく中に入ることができた。


エリシャがいつもどこに行くにも背負っているバイオリンはここでも一緒だ。

あの大人しそうなエリィがバイオリンを背中に背負っているのは不自然かと思い、手に持ち替えようとケースを下ろすと、長い髪が肩紐に絡まってしまう。気をつけないとめくれてしまうスカートも歩きづらかった。

ホットケーキを食べるため、明日の昼まで我慢だ、と決意したが、それと同時に女の子は毎日大変なのだなともエリシャは思った。

大きな戸を開き屋敷の中へ入ると、エリィに聞いていた通り玄関ホールには緩くカーブを描く階段がある。

階段を上がった2階、右側の奥から2番目がエリィの部屋で、エリシャが無事にホットケーキを食べるためにはエリィの父が帰ってくるまで部屋に籠もっていた方がいいとも忠告された。

でも、階段の上からではなく、エリシャのいる1階左側の廊下の奥からピアノの音色が聞こえてくるのだ。

エリシャの足はまるでピアノの音色に導かれるように、階段を無視して左へ進む。

エリィには宮廷音楽家でピアニストの母と、エリシャと同じ11歳の兄がいて、母は家にいる時間が少なく、逆に兄は平民学校には通わず暇があれば家でピアノを弾いていると聞いている。

このピアノの音色はエリィの兄だろう。


「死の演舞だ……」

聞こえてくる〝死の演舞〟は骸骨《がいこつ》たちが骨をガシャガシャと揺らしながら墓場で踊っている、という不気味な詩に合わせて作曲された管弦曲。演舞とある通りワルツのリズムで、恐怖と美しさを同時に感じる独特な旋律で中毒性がある曲。

なんの偶然か、エリシャも最近〝死の演舞〟を弾いている。

この曲はオーケストラ冒頭にバイオリンのソロパートがあって不気味な雰囲気を不協和音で

表現するのだが、エリシャはそのバイオリンパートが大好きなのだ。

今のエリシャの腕前では完璧にはほど遠いが、気にしない。弾いていればいずれ間違わずに弾けるようになる。たとえ下手でも弾きたいから弾く、ただそれだけ。

聞こえてくるピアノの旋律は、エリシャが知っているオーケストラのピアノ伴奏ではなく、ピアノ独奏用の編曲。

このピアノに俺のバイオリンを重ねたらどんな音になるかな……。

そう思いながら進んだ先、ドアが開けっぱなしの突き当りの部屋に入ると、白いチューリップが咲く庭が一望できる大きな窓と白いピアノがあるだけの広い部屋で、エリシャと同じ年頃の男の子が一心不乱にピアノを弾いていた。

こちらに背を向けているため顔は見えないが、髪の根元は金色で毛先は茶色い。エリィに聞いた兄セオドアの特徴と同じだ。

セオドアはテンポ早く跳躍を繰り返さないといけない箇所で何度も躓《つまず》き、弾き直している。大人でも難しいだろうその数小節は、まだ11歳の小さな手で弾くには相当な技術が必要になるはず。

手が小さい今のうちは音を省いて弾けばいいのにとエリシャは思うが、一生懸命同じパートを繰り返しているセオドアは妥協せず楽譜通りに弾きたいようだ。熱中するあまり背後にいるエリシャにも気付いていない。

エリィのふりをしてホットケーキを食べるためにはバイオリンを弾いてはいけないと頭では分かっている。

分かっているのに、エリシャはバイオリンケースからバイオリンを取り出す手を止められない。我慢が足りないといつも母から怒られている。でも、その母も考えるよりも身体が動く性格で、よく父に注意されている。

エリシャはバイオリンを構えて、その弓を引いた。

◇◆◇◆◇

「メリッサ様の子供」

そう言われるたびに、セオドアの心が波打つ。

メリッサとはセオドアの母メリッサ・クロフ・テルフォーツのこと。

このテルフォート帝国でテルフォーツという名を持つ者は宮廷音楽家だけで、セオドアの母は宮廷音楽家のピアニストとしてこのテルフォート帝国の催事や祭典で演奏をしている。

ただでさえ宮廷音楽家は歩く国宝と呼ばれて国民から愛される存在だというのに、母は狭き門の宮廷音楽家に15歳でなった天才として人気が高い。


母のピアノに心を打たれてピアノを始めたばかりの、幼少期のセオドアは幸せだった。

自分と同時にピアノを始めた1歳下の妹エリシャという同志もいた。

鍵盤をはじくと音がする。続けて弾けば音楽になる。そんな当たり前のことで心が浮き立つ。

ピアノに出会うまでは一番好きだった父のホットケーキは、2番になった。1番好きなのはもちろんピアノだ。


そんな満ち足りた日々が終わり、セオドアの心の奥底で苛立《いらだ》ちのような焦燥感が渦を巻くようになったのは、忘れもしない、今から2年前の9歳で参加したピアノコンクールの日から。

エリィがピアノを弾く代わりにお菓子を作るようになった頃、セオドアは帝都のピアノコンクールに参加することを決めた。

自分の出せる全ての力を出すため、ピアノコンクールの日に合わせて同じ曲を繰り返し練習する。弾きたい曲を思うがまま弾いていたそれまでのピアノ練習から変わってしまったが、それでもピアノは楽しいし、難しくて弾けなかった旋律が弾けるようになることも嬉しかった。セオドアのピアノへの気持ちは以前にも増して高揚していった。

その高ぶった気持ちのまま参加したピアノコンクール。

大人ばかりの参加者の中で子供はセオドアだけ。ステージの袖から鑑賞席を覗き見て、数え切れないほどの大勢の人たちがピアノの演奏を聴いていることを知り、恐怖に近い緊張で胃が痛む。それでも不思議と、ピアノを弾き出せば緊張を忘れることができた。練習の成果を出しきったセオドアは奨励賞を受賞した。

賞は上から最優秀賞、優秀賞、特別賞とあり、その下の奨励賞だが、まだ子供でワンオクターブに届かないほど手が小さいセオドアが奨励賞を取れたことは奇跡に近い。セオドアは自分の胸の鼓動を感じるほど喜び、コンクールを見に来ていた父と母とエリィの元へ駆け寄りその喜びを分かち合った。

記念の賞牌《しょうはい》を受け取るために家族から離れてステージまで歩く傍ら聞こえてくる周囲の声。

「奨励賞は〝メリッサ様の子供〟らしい」

「〝メリッサ様の子供〟の演奏すごかったね」

「9歳なのにすごいと思ったら〝メリッサ様の子供〟なのね」

皆が〝メリッサ様の子供〟と言い、セオドアの名前は口にされない。


「〝メリッサ様の子供〟なのに奨励賞なのね」

「〝メリッサ様の子供〟だから奨励賞なんだろうな」

母の子供として期待していた結果を裏切ったと思う人、母のおかげで他の人より楽をして良い結果を得たと思う人。そんな声まで聞こえてくる……。

先ほどまでの天にも昇るような高揚した気持ちを地面に叩き落とされたような、宝物のように感じていた奨励賞の賞牌がまるでガラクタのように思えてしまうような、何か大切なものを奪われたような、どうしようもない空虚な気持ちがセオドアを襲う。


ピアニストの子供だからといって生まれた時から流暢《りゅうちょう》にピアノを弾けるわけではない。

まだ子供の小さな手では遠い鍵盤を素早く弾くとタッチは荒く強くなってしまう。ちゃんと強弱が付いた丁寧なタッチになるように気が遠くなるほど練習した。セオドアの演奏は今までセオドアが練習した成果だ。

……それなのに、セオドアの演奏は、宮廷音楽家の〝メリッサ様の子供〟だからできる演奏としか認識されていなかったように感じてしまう。

コンクールに向けて練習していた自分の努力が無駄になったように感じて、悔しくて、悲しくて、気にせず無視することができない弱い自分が情けなくて……。

何よりも大好きな母を憎んでしまいそうな、母を責める気持ちが心の奥底に芽生えた自分が許せない。

この音楽を愛するテルフォート帝国で、国を代表するピアニストの子供がピアノを弾くならばしかたないこと。母のせいではない。頭ではそう分かっているのに、言葉では説明できないモヤモヤとした気持ちがセオドアの心を覆い、まっすぐに母の顔を見ることができない。

15歳で宮廷音楽家になった母の子供としてしか見られないことを苦く感じるなら、その母と同じ立場に立つしかない。

セオドアも母と同じように15歳でテルフォート国際音楽コンクールのアポロン賞を取れば、〝メリッサ様の子供〟から〝セオドア〟になれる。そうすれば、母のことを一点の曇りなく大好きなままでいられる。

そのためには、15歳の秋までのあと6年でもっともっと練習して、どんな難しい曲でも弾きこなせるようになるしかない。

9歳のセオドアは、そう思い込んでしまった。

それからのセオドアは、コンクールに参加することもなく、家庭教師との勉強の時間以外はピアノを弾き続ける日々。

セオドアはただピアノを弾いていたいだけなのに、楽譜を買いに行った本屋の店員、ピアノを調律しに来た調律師、父と母の仕事関係の来客などに〝メリッサ様の子供〟としてピアノを賞賛されてしまう。

父と母がセオドアの変化に気付き何かと気にかけてくれるが、コンクールの日からの悩みを打ち明けることはできなかった。

自分でも明確に言葉にすることができないモヤモヤとする嫌な気持ちを、父や母に誤解なく伝えることができるとは思えなかったし、奨励賞が嬉しくなかったと言うことで大好きな両親から嫌われたり、軽蔑されたりするかもしれないと怯えてしまった。

以前よりももっとピアノを弾く時間を増やしたためにエリィが寂しがっていることも、セオドアの態度に悩む多忙な両親がエリィの寂しさにまで気付けていないことも分かっていた。それなのにセオドアは家族と向き合うことができない。

そんな家族への罪悪感もまたセオドアのモヤモヤした苛立ちのような焦燥感となり、セオドアの心の奥底で渦を巻いていた。

ピアノコンクールで奨励賞を取ってから2年、つまり、〝メリッサ様の子供〟として思い悩むようになってから2年が過ぎ、セオドアは11歳になった。

今の課題曲〝死の演舞〟は過去にテルフォート国際音楽コンクールの最終審査で弾いてアポロン賞を取ったピアニストがいる、速いテンポで跳躍を繰り返す部分が多い上級者用の曲。

案の定、まだ成長期を迎えていないセオドアの手では跳躍を繰り返す数小節を弾くことができない。もう何日もここで躓いていて、何度も何度も繰り返し弾き直している。

先に進みたくてもうまくいかず、セオドアは泣きたいのに涙が出てこないようなもどかしさで、苛立ちだけが募っていく。最近ではピアノを弾くことが苦しいと、そう思うようにまでなってしまっていた。その時、

「♪――――――」

ビブラートを効かせた美しい音色がセオドアの背を叩いたような気がした。

セオドアの背後から響いた音に驚き、ピアノを弾く手を止めて振り返ると、エリィがバイオリンの調弦をしていた。

お菓子作りのためにピアノの時間を減らしたエリィがバイオリンを弾けるとは思えない。

どういうつもりかと、セオドアは声をかけようとした、その瞬間、エリィは立っていたところから爆《は》ぜるように飛び跳ね、同時にバイオリンの弓を引いた。

「死の演舞……」

エリィは〝死の演舞〟のオーケストラ版、冒頭のバイオリンのソロパートを弾いている。

ただ弾いているのではない。風をなぞるように宙を舞い、スカートを翻《ひるがえ》して足を上げ、自らが演奏しているバイオリンの旋律に合わせてリズムを刻み、この部屋がまるでステージになったかのように縦横無尽に踊っている。

時おり音を飛ばしたり外したりもするが、リズムは絶対に外さない。普段のエリィよりもずっとリズム感が良く、弾むような音色で、何よりもセオドアの焦燥感を吹き飛ばすほどワクワクする演奏。エリィが踊りもバイオリンも心から楽しんでいることが分かる。

……一緒に弾きたい。

バイオリンのソロパートが終わると、骸骨が不気味に踊るワルツの場面が始まる。

セオドアは我慢できずにピアノに手を置き鍵盤をはじいた。

バイオリンのソロパートが終わったエリィも、自分で主旋律をアレンジしてセオドアのピアノに合わせせバイオリンを弾き続けている。

……楽しい。

ワルツパートの終盤、骸骨の骨をガチャガチャと鳴らす、セオドアが何度も練習している一番難しい小節に差しかかった。

……この二重奏を続けたい。

セオドアは楽しく弾くことを優先し、素早く跳躍する部分でわざと音を飛ばした。

エリィを見ると満面の笑みで演奏しながら踊っている。

いや、これはエリィではない。リズム感も、ジャンプ力も、バイオリンの腕前も、笑顔も、エリィとは違う。

でも、今は誰なのかと問いただすより、二重奏を続けることの方が優先だ。

骸骨たちが静かに墓場へ戻るところで〝死の演舞〟は終わる。曲の終わりを名残惜《なごり》しいと思うのと同時に、セオドアはピアノを始めたばかりの幼い頃、楽しく弾いている曲が終わってしまうことを寂しく思っていた気持ちを思い出した。

「アンコール！」

エリィはそう叫び、また、冒頭のバイオリンのソロパートを弾き踊りだした。

セオドアもバイオリンのソロパートでも構わずピアノを重ねて弾く。

エリィはセオドアのピアノに応えて旋律を変えてきた。

それならばと、セオドアもバイオリンに合わせて編曲してみる。

楽譜通りに弾かないなど生まれて初めてだったが、自分なりのアレンジを考えるだけで胸が高鳴り、ワクワクしてくる。

そして2回目の曲の終わりが来た。セオドアの頭の中にはまだまだ試したいアレンジが浮かんでいる。

「アンコール」

「ちょっと休憩！　俺、疲れてもう踊れない！」

セオドアの「アンコール」に対して、エリィにそっくりな踊るバイオリニストは〝俺〟と言って断ってきた。

スカートが舞い上がっても気にしていなかったことも考えると男かもしれないと頭の隅で考えつつ、セオドアは彼女、いや、彼に構わず3回目の〝死の演舞〟を弾きだした。

休憩したいと言っていたはずの彼もバイオリンを弾きだし、疲れなど見せずにステップを踏んで踊り出す。

踊らずにバイオリンを弾けばいいと思い強引に3回目を始めたのだが、もしかしたら彼は踊らないと弾けないのかもしれない。

セオドアは続けて5回も彼との二重奏を演奏してしまった。

腕が上がらないほど疲れてしまったが、心の中は霧が晴れたようにスッキリとしている。


「もうクタクタだよ。……でも、楽しかったぁ」

彼は勝手に庭に面した窓を開け、足を投げ出しながら床に座り込み、両手を後ろ手に床につき天井を見ている。

吹き込んでくる風に揺れて輝く柔らかそうな銀髪はエリィと同じなのだが、スカートだということも気にせず足を広げ、髪が乱れていることも気にしていない。

これは絶対にエリィではない。

「君は誰だ。エリィ、いや、エリシャはどこにいる。場合によっては門番に頼んで屯所に突き出す」

「俺たちあんなに楽しく二重奏した仲なのに、セオ冷たい！」

セオドアの名前を知っているようだが、平民学校へ通っていないセオドアには同年代の知り合いなどいない。

勝手に愛称を呼んでいることを怒ろうと思ったが、父と母以外から初めて呼ばれた〝セオ〟に悪い気はしなかった。

「俺はエリシャ・イングリス。セオと同じ11歳。エリィと同じ名前で紛《まぎ》らわしいからエルって呼んで！」

エリィと同じ顔でエリィがしない何も悩みがないような満面の笑みで自己紹介してくれたエルは、エリィに出会ってからこのクロフ家に来るまでの話をしてくれた。

エルの説明は途中で関係ない話に飛んでしまいがちで、要領を得ない。

考えてみたらセオドアがエリィ以外の同年代と話をすることなど滅多にない。エリィが年の割にしっかりしているのか、エルの話が拙いのかは、セオドアには分からない。

根気よくエルの話を聞くと、要するに2人は偶然西区で出会い、エリィがエルに自慢したせいで、エルはホットケーキを食べるためにエリィに成りすましてクロフ家に来て、その代わりにエリィはエルに成りすましてエルの家に行くことになったらしい。

「俺がホットケーキを食べられるように協力して！　お願い！　本当に、本当に、ソニアのチーズケーキより美味しいってエリィが言ってたホットケーキが食べたいんだ！」

エルはなりふり構わず跪きセオドアの足元にすがっている。まるでエリィがしているように見えるのでやめてほしい。

「エリィが無事なら構わないけど……」

「無事だよ！　髪の毛はちゃんと切ったし、母さんとリーアの目ならごまかせる」

「えっ？　エリィの髪を切ったの!?」

「切ったけどこの髪を伸ばす魔道具があれば元に戻るから大丈夫！　俺のこの髪も同じ魔道具で伸ばしたんだ」

そう言ってエルが見せてきた魔道具は魔力を持っている者用の魔道具だった。

つまりエルは魔力持ちで、すでに魔力が身体から漏れ出るようになっているということ。

エリィとエルは双子のように同じ容姿で、同じ名前、そして同じ魔力持ち。何もなくここまで偶然が重なることなどありえない。

セオドアの両親とエルの家族の誰かが親戚かもしれない。……そこまで考えて、エリィも同じように考えたのだと気付く。

あの臆病なほどに慎重なエリィがこんな大胆なことをしでかすだろうかと不思議だったが、エリィは父と母のことが知りたくてエルの要求を飲んだのだろう。

それならばエルがエリィの髪を切ったことも、エリィは了承していたということ。


セオドアはエルに手を差し出した。

「お父様のホットケーキを食べたいなら、もっとエリィらしくしなよ。エリィは床に座らないよ、エル」

「ありがとう、セオ」

エルはパッと笑顔になり、セオドアの手を取り立ち上がった。


いつもならピアノを弾いているこの時間、セオドアはエルと語り合った。

ピアノ、バイオリン、エルの妹リーアの踊り、エリィのお菓子、ソニアのケーキ、庭に咲く白いチューリップ、クロフ家が毎年旅行する先の綺麗なロートン湖……。

最初はピアノやバイオリンの話だったのに、いつのまにか関係のないロートン湖の話までしている。エルとの会話は家族や使用人と話している時とは違う楽しさがある。エルの優しい笑顔と明るい雰囲気のおかげだろうかと考えるが、友達がいないセオドアには答えが分からない。

窓から吹き込む風が顔に当たり気持ちいい。

「セオ？　エリィ？　明かりも付けずに2人で何をしているの？」

母の声と共に部屋に明かりが灯った。気付けば日が暮れる時間で、窓の外からはオレンジ色の光が差している。エルとの話が楽しくて時間を忘れてしまっていたようだ。

「おかえりなさい」

セオドアはいつも通りにおかえりと返事をし、自分に続けて母へ返事をしろとエルへ目配《めくば》せをした。

「おかえりなさい」

エリィの真似をするならば表情は控えめで、声は抑揚なく、言葉は少なめで、というセオドアの忠告をエルは守っている。ちゃんと背筋を伸ばしてお淑《しと》やかに立っている姿はどこからどう見てもエリィだ。これなら母に入れ替わりがバレることは、まずないだろう。

部屋の入り口にいた母はまっすぐ歩いてきて、エルの方をじっと見た後、セオドアとエルの間に立ちセオドアを背に隠した。

「私のセオから離れなさい！　ローズ！　門番さんを呼んできて！」

ローズとは母の侍女の名前。この状況で門番を呼ぶということは、母はたった一言でエルがエリィではないと気付いたのだ。元貴族だったせいか感情を表に出すことが少ない母がこんな大声を出して怒っているところをセオドアは初めて見た。

「メリッサ、どうしたの？」

母のただならぬ声が聞こえたのだろう、父が慌てて様子を見にきた。父も母も揃ってこの時間に帰宅できているのは珍しい。

「ネイト、この子はエリィではないわ。エリィの声はもう少し高くてもっと可愛らしいもの。それに、髪飾りも付けていない」

ネイトとは父の名前。父は戸惑いを隠さずエルを観察している。

「私たちはそっくりに変身できる魔道具の存在を知ってる。あなたは誰？　何が目的？　エリィはどこにいるの⁉」

確かにエルとエリィの声は異なるが、よく聞かないと分からないほどの差だ。音楽家として音に敏感とはいえ、まさか、たった一言の「おかえりなさい」で母がエリィではないと気付くとは思わなかった。母が言った「私のセオ」という言葉が頭から離れない。

母がエリィとセオドアをちゃんと大切に思ってくれていることが分かり胸が温かくなる。

「すみませんっ！　エリィは、俺の家にいます！」

「〝俺の家〟!?　どういうことだ？　エリィは無事か!?」

父と母の２人に詰められてエルは焦ってしまっている。セオドアへ説明してくれた時のエルの話の拙さを思うと、ここはセオドアが擁護した方がいいだろう。

そう考えたセオドアが口を開いた時、門番を呼びに行っていたはずのローズが部屋に飛び込んできた。

「お嬢様！　っじゃなかった、奥様！　……パトリック様がお越しになりました」

◇◆◇◆◇

エリィの母にきつく詰め寄られたエリシャが弁解に困ってたところに入ってきた来訪者は、

エリシャの父だった。

「……先触れもなく、いきなりすまない。本当はメリッサが望まない限りは会わないと決めていたんだけど、親として息子の不始末の責任を取りに来たんだ」

「お兄様……」

焦っていたところへ来た父に、エリシャは緊張していつのまにか力んでいた身体を緩め胸を撫でおろす。

エリィの母の言葉も耳に入らず、エリシャは父に抱きつこうと駆け出した。

そんなエリシャの首元を、横から出てきた手が掴む。

「いたっ。って、母さん……」

振り返るとエリシャの母が立っていた。

口元はにっこりと笑っているのに、そのピンク色の瞳は笑っていない。凄まじく怒っている時の母の笑顔……。

父を見た時の安堵感が吹っ飛び、エリィの母に問い詰められた時よりひどい恐怖でエリシャの身体は強張り嫌な汗が出てくる。

「エルのお説教は後よ。リックはメリッサ様と大事なお話があるの。邪魔しないで黙っていなさい」

母は小声だけれどしっかりと怒っている時の口調で咎め、そのままエリシャの首根っこを掴み、エリィの母メリッサと向き合っている父の後ろへ引っ張っていく。

バカにしたように笑ってエリシャを見ているリーアと、泣きそうな顔をしたエリィが部屋に入ってきた。

エリィはリーアがよそ行きの時に着るお気に入りのピンクのワンピースを着ていて、エリシャが切ったはずの銀色の髪は背中の中程の長さに戻っている。

「お母様、ごめんなさい！」

「エリィ！」

エリィはメリッサへ駆け寄って抱きつき、メリッサも強く抱きしめ返している。

「メリッサ、エリィちゃんにそっくりなこれは私の息子のエリシャなんだ。偶然街でエリィちゃんと出会って、クロフさんのホットケーキが食べたいからとわがままを言って入れ替わったらしい。エリィちゃんの髪の毛を切って、服も脱がせて交換したと聞いている。本当に申し訳ない」

父が「髪の毛を切って服も脱がせて」と説明した時、エリシャはエリィの父から射抜かんばかりに睨まれてしまった。

これはもう、ホットケーキを作ってもらうことはできないかもしれない、と考えていると母がエリシャの背中を叩いた。


父が深く頭を下げていることに気付き、エリシャも慌てて謝り頭を下げる。

「全部俺のわがままです。ごめんなさい！」

横にいる母とリーアも頭を下げているのが分かる。

「エリィは納得して入れ替わったってエルから聞いたよ。エリィの髪を切ったのは許せないけど、もう髪も元に戻っているし、エルだけが悪いわけじゃないと思う」

「お父様、お母様、私も悪いの。ごめんなさい」

セオドアがエリシャを庇《かば》い、エリィが謝る声も聞こえてくる。

「お兄様、ミアさん、エリシャくん、あとそこのお嬢さんも、顔を上げてください。……エリィもエリシャくんの格好をしてお兄様の家に行ったのね。こちらも、うちのエリシャが申し訳ございませんでした」

エリシャたちが顔を上げると、今度は逆にエリィの家族が皆で頭を下げた。

メリッサはエリシャの母ミアの名前を呼んでいたことから母とも知り合いのようだ。

「クロフさんもメリッサも皆、顔を上げてください」

父の言葉でエリィの家族が顔を上げると、しばらく無言の時間が続く。

沈黙が気まずく、何かしゃべった方がいいかと思ったエリシャの口を、リーアの手が抑えた。

リーアを見ると、険しい顔で首を横に振っている。

「……エリィちゃんはエリシャという名前だけど、私たちのお母様よりもメリッサによく似ている。落ち着いていて、行儀が良くて、控えめで。優しいけど少し臆病な眼差《まなざ》しを見て、すぐにメリッサの子供だって分かったよ。でも、今のメリッサはもう、怯えた目はしていない。家族を守る強くて素敵な女性になったね。メリッサと別れたのはメリッサがちょうど今のエリィちゃんの年頃で、それから21年も経つから、成長しているのも当たり前か……」

父はエリシャに背を向けていてその顔は見えないが、声が震えている。

対面しているメリッサははらはらと涙を落とし、エリィの父が隣に来てハンカチで涙を拭ってあげている。

メリッサと父は兄妹で、10歳頃に別離していたようだ。エリシャとエリィが同じ名前でそっくりなのは偶然などではなく従兄妹だからだと、エリシャはようやく理解した。

「お兄様がミアさんと結婚したことと、このテルフォート帝国で平民として暮らしていることはジャクリーン様から聞いて知っていたんです。……でも、お兄様は私を思い出さない方がいいと言われていたからって言い訳してお兄様から逃げていたの。薬のことも、それによってお兄様が起こしたことも知っていたのに。お兄様は私とお母様のことを思い出していたんですね。……ごめんなさい。私、お兄様がピアノを取り上げられていたことも、苦しんでいたことにも気付いてなかった。お兄様の前で呑気にピアノを弾いていた。お兄様、ごめんなさい……」

「謝らないでくれ！　メリッサは何も悪くない。悪いのは私、謝らないといけないのは私の方なんだ。……まさか、メリッサが私の事情を知っているとは思っていなかった。ジャクリーンさんがそこまで伝えるとは思えない。……もしかして、父上かい？」

メリッサは無言で父を見つめるだけで否定も肯定もしない。

ジャクリーンとはイングリス商会を大きく発展させて男爵夫人となった母の異母妹でエリシャの叔母のこと。

「子供の頃、私は自由にピアノを弾けるメリッサのことを憎んでいた。素晴らしい演奏をするメリッサに嫉妬していた。……だからわざとアメリアを優先して傷つけて、メリッサから〝メル〟を取り上げて、メリッサがアメリアから友達も、家族も、貴族令嬢としての未来も、居場所までも奪われるのを分かっていながら見ていたんだ。メリッサは何も悪くないと分かっていたのに、メリッサの幸せがなくなれば、自分の中で渦巻く嫌な気持ちがなくなる、そんなバカなことを考えていた救いようのない屑だった。薬のことはその代償だよ。……メリッサに謝りたい。でも、メリッサは優しいから謝られたら許してしまうだろう？　だから謝れない。……メリッサに私の罪を許してほしくない」

声と肩を震わせ懺悔《ざんげ》している父の背を、母が優しく撫でている。

「もうとっくに許してる。私はもう許してるよ。……私、お父様やお兄様やお祖母様のことなんてもう考えないようにしようって思い込んでた。王都を追い出されて、宮廷音楽家になって、ネイトと結婚して、セオとエリィを産んで。大変なことも悩むこともあるけど、今はすごく幸せ。……でもね、セオとエリィがピアノを始めた時、2人が仲良く連弾しているのを見て、すごい羨ましくなったの。私もお兄様と連弾したかったたって、お兄様のことを思い出してた。……お兄様は、まだ私のことが嫌い？」

メリッサの問いかけを聞いた母は、父の背を撫でていた手を止め、父がメリッサの問いに答える前に素早く部屋を出て行ってしまった。

「嫌いなわけない。メリッサのことが憎かったのは、メリッサのことが好きだったからこそなんだ。憎しみが消えた今はもう、可愛い妹だという気持ちしか残ってない。……私がメルとお母様の記憶を失ってたのなんてほんの数カ月のことなのに。あの人は、本当に、余計なことをするなぁ」

リーアから頻繁に『お兄ちゃんは空気が読めない』と怒られているエリシャでも、２人の会話に割り込んではいけないと分かる。

父の言葉を最後に、沈黙がこの場を支配している。

そこへ響き渡るタタタタタという足音。案の定、その足音の主は、部屋に駆け入ってきた母だ。手には父のアコーディオンケースが握られている。

「メリッサ様、お久しぶりです！　縁があってパトリックは私と結婚して平民になりました。パトリックとの間にはエリシャとこのリーアがいます。今日までメリッサ様にご挨拶せず申し訳ございませんでした。……私は踊り子をしてまして、パトリックはアコーディオン奏者として私の踊りの伴奏をしてくれているんです。宮廷音楽家には負けるけど、これでも私たち有名な踊り子とアコーディオン奏者なんですよ？　……私の異母妹ジャクリーンの10歳の誕生パーティーでメリッサ様は約束してくれましたよね？　『いつか私の伴奏でダンスを踊ってほしい』って。今、その約束を叶えてもらえませんか？」

それまでの重たい雰囲気をものともせず、母はいつも通りの軽い口調でメリッサへ踊りの伴奏を強請っている。

エリシャが空気を読めないのはこの母の遺伝で間違いない。

「お兄様はミアさんのその明るさに救われたのね。実は、お兄様に見つからないようにこっそりとミアさんとお兄様の舞台を見に行ったことがあるの。素晴らしい踊りと伴奏だった。ジャクリーン様の10歳の誕生パーティーでのミアさんとのダンスと約束ももちろん覚えてるわ。約束を覚えてくれていてとても嬉しい。……ネイト、お兄様の前でピアノを弾いてもいい？」

「メリッサが弾きたいなら」

「うん。弾きたい」

エリィの父ネイトとメリッサは周囲には意味の分からない会話をしているが、２人の間にしか分からない何かがあるのだろう。見つめ合う空気が甘い。

「念のためこっそりアコーディオンを持ってきておいて良かった！　もちろん、リックも伴奏してね」

父がケースからアコーディオンを取り出し、メリッサがピアノの椅子に座ろうとしていると、セオドアが声をあげた。

「お母様、僕も一緒に弾きたい」

「ミアさん、セオドアもいいかしら？」

「もちろんです！　うちのエルなんて勝手にバイオリンを出してますよ」

当然参加するつもりだったエリシャは、まさか許可が必要だったとは思っていなかった。

母に嫌味を言われたエリシャを見てリーアがほくそ笑んでいる。

「お母さん、メリッサ様、私も踊っていい？」

リーアは母とメリッサに確認して点数稼ぎをしている。

「リーアだって勝手に踊るつもりだったくせに」

「そんなことないもん！」

エリシャとリーアが言い合いしているうちに、侍女とネイトの手により部屋の端っこにあったピアノと椅子が運ばれてきて2台のピアノが並び、準備が整った。

◇◆◇◆◇

母のピアノ、兄のピアノ、パトリックのアコーディオン、そして、エルのバイオリンの音がクロフ家の屋敷に響く。曲名はない。ミアは即興でと言っていた。

母も兄も即興でピアノを弾く。楽譜通りに弾くことにこだわっている兄が、こんなにもすんなりと即興で演奏できたことにエリシャだけでなく父と母も驚いている。

アコーディオンは華《はな》やかなのにどこか親しみがあるシャリシャリとして独特な音で、時には笛のように唸《うな》らせたり、まるで打楽器のように弾ませたりと、巧みな技が楽しい。

アコーディオン1台なのにリズムを取る低音と旋律を奏でる高音の重なりは、パトリック一人が奏でているとは信じられない。

落ち着いて穏やかな雰囲気のパトリックの演奏は、とても賑やかで情熱的だ。アコーディオンを演奏している時のパトリックは、踊りながらバイオリンを演奏するエルとよく似ている。

そしてエルのバイオリンがいいアクセントになっている。

4人が奏でる即興曲の旋律はさまざまな曲から引用されていて、まるでおもちゃ箱のよう。

そんな楽しいおもちゃ箱のような音楽で、ミア、リーア、そしてバイオリンを弾いているエルの3人が踊り始めた。

エリシャはミアの飛び抜けた存在感のある踊りに圧倒される。

右手左手右足左足がまるで別の生き物のように動き、静と動の動きにメリハリがある。長い髪とスカートを翻して舞い、時には裏拍でステップを踏んでいる。

エルのリズム感は母親のミア譲りだったのだろう。

ミアよりも動きが派手なリーアは、あどけない笑顔で腕一本で逆立ちしたりと大胆で曲芸的な動きが多い。

ときおり、エルのスカートを捲ってからかっているのも、いたずら好きな妖精のようで可愛らしい。

そのエルは、乱れる髪も気にせずリズムを刻み、スカートを気にもせず足を上げ高く飛ぶ。

エリシャの服を着たままなので、何も知らない人が見たら、まるでエリシャが踊っているように見えるだろう。大胆な動きは遠慮してほしいと思ってしまう。

自然とエリシャの身体は揺れだし、リズムを取る。隣に立つ父とローズの身体も揺れている。

母とパトリックは涙を流しながら笑い演奏している。

ミアはただ踊りたかったわけではなく、この２人を合奏させたかったのだろう。


ふと、兄を見ると、はち切れんばかりの笑顔で演奏している。

久しぶりに見る兄の心からの笑みに、エリシャは思わず父に抱きつき、笑う兄を指差し父へ教えた。

父は兄を見た後、エリシャと笑い合った。

この幸せな宴《うたげ》は、クロフ家とイングリス家、誰かの誕生日のたびに開かれるお約束になる。

もちろん、締めのデザートは父が作るホットケーキ。


庭に咲く白いチューリップは風に吹かれ、音楽に合わせてゆらゆらと踊っていた。

最後までお読みいただき

本当に

ありがとうございます。

16年後のストーリーにいきなり出てきた
パトリックの嫁"ミア"ですが、
WEBで公開しているスピンオフ
「私のこと'も'どうぞお気遣いなく、
これまで通りにお過ごしください。」で
ジャクリーンとW主人公をしています。
気になる方は小説家になろうにて
お読みくださいませ
（王弟コーネリアスも出てます）

またどこかでお会いできたらうれしいです。

くびのほきょう

twitter : @kubinohokyou

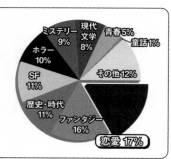

ティアは神殿で働く身寄りのない下働きの少女。神殿では聖女様からいびられ、他の人たちからも冷遇される日々を送っていた。ある日、濡れ衣を着せられて神殿から追い出されてしまい、行く当てもなく途方に暮れていると、ふさふさの白い毛をした大きな狼が姿を現し……！？　ふとしたことでもふもふの神様の加護を受け、聖女の資格を得たティア。でもあんな神殿など戻りたくもなく、神様と一緒に旅に出ることにした。

もふもふの神様と元気な少女が旅する、ほっこりファンタジー開幕！

定価1,430円（本体1,300円＋税10%）　ISBN978-4-8156-2688-4

ツギクルブックス　https://books.tugikuru.jp/

転生幼女は教育したい！
～前世の知識で、異世界の社会常識を変えることにしました～
Ryoko イラスト フェルネモ
5歳児だけど、
"魔法の真実"に気づいちゃった！
規格外な幼女が
異世界大改革!?
バイクに乗って旅をするかっこいい女性に憧れた女の子は、入念な旅の準備をしました。外国語を習い、
太極拳を習い、バイクの免許をとり、茶道まで習い、貯めたお金を持って念願の旅に出ます。
そして、辿り着いたのは、なぜか異世界。え、赤ちゃんになってる!?　言語チートは!?　魔力チートは!?
まわりの貴族の視線、怖いんですけど!!　言語と魔法を勉強して、側近も育てなきゃ……
まずは学校をつくって、領地を発展させて、とにかく自分の立場を安定させます!!
前世で学んだ知識を駆使して、異世界を変えていく転生幼女の物語、開幕です！
定価1,430円（本体1,300円＋税10%）
ISBN978-4-8156-2634-1
ツギクルブックス
https://books.tugikuru.jp/

ちったい俺の巻き込まれ異世界生活
1〜6
ぬー
ラスト こよいみつき
2024年9月、
最新7巻発売予定！
異世界転生したら幼児になっちゃいました!?
コミカライズ企画進行中！
ちったい俺でも異世界を楽しんでいい？
巻き込まれ事故で死亡したおっさんは、幼児ケータとして異世界に転生する。聖女と一緒に降臨したということで保護されることになるが、第三王子にかけられた呪いを解くなど、幼児ながらに次々とトラブルを解決していく。
みんなに可愛がられながらも異才を発揮するケータだが、ある日、驚きの正体が判明する——
ゆるゆると自由気ままな生活を満喫する幼児の異世界ファンタジーが、今はじまる！
1巻：定価1,320円（本体1,200円＋税10％）978-4-8156-1557-4
2巻：定価1,320円（本体1,200円＋税10％）978-4-8156-1558-1
3巻：定価1,320円（本体1,200円＋税10％）978-4-8156-1918-3
4巻：定価1,320円（本体1,200円＋税10％）978-4-8156-2155-1
5巻：定価1,320円（本体1,200円＋税10％）978-4-8156-2322-7
6巻：定価1,430円（本体1,300円＋税10％）978-4-8156-2323-4
ツギクルブックス
https://books.tugikuru.jp/

異世界村長
著 七城 イラスト しあびす
1〜2
おっさん、異世界へボッチ転移！
職業「村長」で村づくり始めました！

ファルトン伯爵家の長女セレナは、異母妹マリンに無理やり悪女を演じさせられていた。
言うとおりにしないと、マリンを溺愛している父にセレナは食事を抜かれてしまう。今日の夜会での
マリンのお目当ては、バルゴア辺境伯の令息リオだ。――はいはい、私がマリンのお望みどおり、
頭からワインをぶっかけてあげるから、あなたたちは私を悪者にしてさっさと
イチャイチャしなさいよ……。と思っていたら、リオに捕まれたセレナの手首がゴギッと鈍い音を出す。
「叔父さん、叔母さん！　や、やばい！」「えっ何やらかしたのよ、リオ！?」
骨にヒビが入ってしまいリオに保護されたことをきっかけに、セレナの過酷だった境遇は
優しく愛に満ちたものへと変わっていく。

定価1,430円（本体1,300円＋税10%）　ISBN978-4-8156-2424-8

ツギクルブックス

https://books.tugikuru.jp/

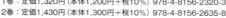

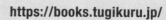

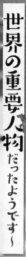

花火の場所取りをしている最中、突然、神による勇者召喚に巻き込まれ異世界に転移してしまった迅。巻き込まれた代償として、神から複数のチートスキルと家などのアイテムをもらう。目指すは、一緒に召喚された姉（勇者）とかかわることなく、安全で快適な生活を送ること。果たして迅は、精霊や魔物が跋扈する異世界で快適な生活を満喫できるのか――。
精霊たちとまったり生活を満喫する異世界ファンタジー、開幕！

1巻：定価1,320円（本体1,200円＋税10%） 978-4-8156-0573-5
2巻：定価1,320円（本体1,200円＋税10%） 978-4-8156-0599-5
3巻：定価1,320円（本体1,200円＋税10%） 978-4-8156-0694-7
4巻：定価1,320円（本体1,200円＋税10%） 978-4-8156-0846-0
5巻：定価1,320円（本体1,200円＋税10%） 978-4-8156-0866-8
6巻：定価1,320円（本体1,200円＋税10%） 978-4-8156-1307-5
7巻：定価1,320円（本体1,200円＋税10%） 978-4-8156-1308-2
8巻：定価1,320円（本体1,200円＋税10%） 978-4-8156-1568-0
9巻：定価1,320円（本体1,200円＋税10%） 978-4-8156-1569-7
10巻：定価1,320円（本体1,200円＋税10%） 978-4-8156-1852-0
11巻：定価1,320円（本体1,200円＋税10%） 978-4-8156-1853-7
12巻：定価1,320円（本体1,200円＋税10%） 978-4-8156-2304-3
13巻：定価1,430円（本体1,300円＋税10%） 978-4-8156-2305-0

「カクヨム」は株式会社KADOKAWAの登録商標です。

ツギクルブックス

https://books.tugikuru.jp/

こんなはずじゃなかった？それは残念でしたね
～私は自由気ままに暮らしたい～
著：風見ゆうみ
イラスト：しあびす
もふもふな仲間に囲まれて、楽しく過ごすことにしました！
コミカライズ企画進行中！
幼い頃に両親が亡くなり、伯父であるフローゼル伯爵家の養女になったリゼ。
ある日、姉のミカナから婚約者であるエセロを譲れと言われ、家族だと思っていた人達から嫌がらせを受けるようになる。やがてミカナはエセロを誘惑し、最終的にリゼは婚約破棄されてしまう。
そんなリゼのことを救ってくれたのは、かっこよくてかわいいもふもふたちだった！？
家を出たリゼが、魔法の家族と幸せに暮らす、異世界ファンタジー！
定価1,430円（本体1,300円＋税10％）
ISBN978-4-8156-2561-0
ツギクルブックス
https://books.tugikuru.jp/

プライベートダンジョン
~田舎暮らしとダンジョン素材の酒と飯~
著：じゃがバター
イラスト：しの
鶏に牛、魚介類などダンジョンは食材の宝庫！
これぞ理想の田舎暮らし!?
シリーズ累計65万部
『異世界に転移したら山の中だった。反動で強さよりも快適さを選びました。』の著者、じゃがバター氏の最新作！
ある日、家にダンジョンが出現。そこにいた聖獣に「ダンジョンに仇なす者を消し去るイレイサーの協力者になってほしい」とスカウトされる。ダンジョンに仇なす者もイレイサーも割とどうでもいいが、ドロップの傾向を選べるダンジョンは魅力的――。
これは、突然できた家のダンジョンを大いに利用しながら、美味しい飯のために奮闘する男の物語。
定価1,320円（本体1,200円＋税10%）
ISBN978-4-8156-2423-1
ツギクルブックス
https://books.tugikuru.jp/

平凡な令嬢 エリス・ラースの日常
1〜2
The Everyday Life of an Ordinary Lady Ellis Lars
まゆらん
イラスト 羽公
平凡って楽しくてたまりませんわ！
エリス・ラースはラース侯爵家の令嬢。特に秀でた事もなく、特別に美しいわけでもなく、
侯爵家としての家格もさほど高くない、どこにでもいる平凡な令嬢である。……表向きは。
狂犬執事も、双子の侍女と侍従も、魔法省の副長官も、みんなエリスに
忠誠を誓っている。一体なぜ？　エリス・ラースは何者なのか？
これは、平凡（に憧れる）令嬢の、平凡からはかけ離れた日常の物語。
定価1,320円（本体1,200円＋税10%）　978-4-8156-1982-4
ツギクルブックス
https://books.tugikuru.jp/

TUG STUDIO　TUGIKURU COMICS

転生貴族の優雅な生活

国内主要電子書籍ストアにて好評配信中!!

――異世界に転生したらチートが尋常じゃない？

日本で死んだはずだったのに……。
次の瞬間には侯爵家の嫡男に、つまりは貴族に生まれ落ちていた。さらにはチート能力を持ち合わせているなんて……。折角転生したんだから、自由に優雅にこの異世界ライフを楽しもう！と思いきや……？

男女問わず皆が俺に好意を（？！）寄せてくるし、かと思えば、暗殺スキル持ちの従者に命を狙われる始末。おまけに、イケメン吸血鬼に襲われて悪魔の使い魔までまとわりついてくる……。
俺は自由に生きたいだけ……！　自由に優雅に余生を楽しめられればそれでいいのに！
周りがどうもそうさせてはくれないみたいで、俺の異世界貴族生活はどうなることやら。

侯爵家に転生したメイリーネの貴族的で優雅な異世界ファンタジーがいよいよスタート！

こちらでCHECK!

ツギクルコミックス人気の配信中作品

主要電子書籍ストアで好評配信中

三食昼寝付き生活を約束してください、公爵様

コミックシーモアで好評配信中

出ていけ、と言われたので出ていきます

主要電子書籍ストアで好評配信中

婚約破棄23回の冷血貴公子は田舎のポンコツ令嬢にふりまわされる

主要電子書籍ストアで好評配信中

嫌われたいの
～好色王の妃を全力で回避します～

主要電子書籍ストアで好評配信中

自力で異世界へ！

ツギクルコミックス　https://comics.tugikuru.jp/

ツギクルブックス

愛読者アンケートに回答してカバーイラストをダウンロード！

愛読者アンケートや本書に関するご意見、くびのほきょう先生、しもうみ先生へのファンレターは、下記のURLまたは右のQRコードよりアクセスしてください。
アンケートにご回答いただくとカバーイラストの画像データがダウンロードできますので、壁紙などでご使用ください。
https://books.tugikuru.jp/q/202406/okidukainaku.html

本書は、「小説家になろう」（https://syosetu.com/）に掲載された作品を加筆・改稿のうえ書籍化したものです。

私《わたし》のことはどうぞお気《き》遣《づか》いなく、これまで通《どお》りにお過《す》ごしください。

2024年6月25日　初版第1刷発行

著者　くびのほきょう

発行人　宇草 亮
発行所　ツギクル株式会社
〒105-0001　東京都港区虎ノ門2-2-1
発売元　SBクリエイティブ株式会社
〒105-0001　東京都港区虎ノ門2-2-1

イラスト　しもうみ
装丁　株式会社エストール

印刷・製本　中央精版印刷株式会社

ISBN978-4-8156-2689-1
Printed in Japan